Jacques Berndorf
Der Bunker

Jacques Berndorf ist das Pseudonym des 1936 in Duisburg geborenen Journalisten, Sachbuch- und Romanautors Michael Preute. Sein erster Eifel-Krimi, *Eifel-Blues,* erschien 1989. In den Folgejahren entwickelte sich daraus eine deutschlandweit überaus populäre Romanserie mit Berndorfs Hauptfigur, dem Journalisten Siggi Baumeister. Dessen bislang jüngster Fall, *Eifel-Krieg,* erschien 2013 als Originalausgabe bei KBV.

Berndorf setzte mit seinen Romanen nicht nur die Eifel auf die bundesweite Krimi-Landkarte, er avancierte auch zum erfolgreichsten deutschen Kriminalschriftsteller mit mehrfacher Millionen-Auflage. Sein Roman *Eifel-Schnee* wurde im Jahr 2000 für das ZDF verfilmt. Drei Jahre später erhielt er vom »Syndikat«, der Vereinigung deutschsprachiger Krimi-Autoren, den »Ehren-Glauser« für sein Lebenswerk.

Jacques Berndorf

Der Bunker

Überarbeitete Neuauflage April 2018
2. Auflage September 2018
3. Auflage Februar 2019
4. Auflage Februar 2020
5. Auflage Januar 2022

© KBV Verlags- und Mediengesellschaft mbH, Hillesheim
www.kbv-verlag.de
E-Mail: info@kbv-verlag.de
Telefon: 0 65 93 - 998 96-0
Fax: 0 65 93 - 998 96-20
Umschlaggestaltung: Ralf Kramp
Druck: CPI books, Ebner & Spiegel GmbH, Ulm
Printed in Germany
ISBN 978-3-95441-413-0

»Alles, was sie wissen müssen,
wird sich vor ihren Augen abspielen,
und sie werden nicht sehen.«

Christa Wolf, KASSANDRA

Der erste Bunker

Ich wurde 1936 geboren. Den Krieg erlebte ich mit meinen Eltern in Osnabrück. Diffuse Erinnerungen. Keine Angst. Der Weg in den Bunker ist heute noch sehr klar. Wir liefen ein Stück die Klöcknerstraße entlang, bogen rechts in eine Straße ein, deren Namen ich vergessen habe. Nach zweihundert Metern vielleicht lag linker Hand auf einem sehr großen, unbebauten Gelände der gewaltige, mehrstöckige Betonklotz des Bunkers. Gegenüber war ein Tor zu den Klöckner-Werken.

Der Bunker bedeutete erregende Betriebsamkeit, hier traf ich meine Spielkameraden. Keine Angst, eher verdichtete der Bunker die wilden Spiele der Kindheit. Da war die Ursula Richthoff, die ich heiß und innig liebte, ein dunkelhaariges, großäugiges Mädchen. Ich erinnere mich genau, dass die mit Strohsäcken belegten Betten im Bunker zweistöckig waren, dass die Ursula hoch oben auf dem Bett in der rechten hinteren Ecke kauerte, dass ich begeistert zu ihr kletterte, dass sie wie eine kleine, sehr perfekte Mami mit mir spielte. Das Spiel hieß ›Mensch-ärgere-dich-nicht‹. Sie ließ es nicht zu, dass ich verlor, ich hätte es wohl auch nicht ertragen. Ich habe sie geliebt, ich weiß nicht, wo sie jetzt ist, und ob sie sich in gleicher Weise erinnert. Möglich, dass etwas von den Schrecken dieser Zeit in ihre Seele gekrochen ist, sie war zwei oder drei Jahre älter als ich. Es ist eine sanfte, gute Erinnerung. Zuweilen besuchte ich Ursula im Nebenhaus. Sie hockte auf einem Sessel im behaglichen Wohnzimmer und spielte Blockflöte. Weihnachtslieder übte sie, und sie war mein Rattenfänger.

Ihr Bruder Egon war einige Jahre älter, in meiner Erinnerung ein sehr großer starker Junge, den ich maßlos bewunderte. Er hatte ein Privileg, das der Himmel für mich war. Er durfte eine dunkle Uniform tragen und nannte sich Hitlerjunge. Sehr energisch, sehr hart, sehr bestimmend. Deutlich ist dieses Bild in mir: ich lauerte im Kinderzimmer hinter der Gardine, bis er in seiner strengen dunklen Kluft auf der Straße erschien, ein Mann, der zweifellos den Geruch von Gefahr an sich hatte. Dann rannte ich hinaus. So konnte die Geschichte mit den Holunderbeeren geschehen, die mich stolz machte.

Egon besaß ein Luftgewehr. Mir schien dieses Ding ein Zauberstab zu sein. Er sagte solche Sätze: »Bald werde ich ein richtiges Gewehr haben und auf unsere Feinde schießen!« Ein wenig breitbeinig stand er auf der Straße, stets umgeben von Bewunderern und nichts war für mich so berauschend wie sein Satz: »Michael, du darfst das Gewehr halten.«

Vor den Klöckner-Werken war ein hoher Bretterzaun. Wir wussten, dass dahinter russische Kriegsgefangene lebten, die ihre kargen Rationen durch Basteleien aufbesserten. Sie sägten aus Sperrholz Flugzeuge aus und bemalten sie, vornehmlich Stukas. Es war schön, diese hölzernen Todesboten zu besitzen.

Egon sagte: »Wer Mut hat, soll sich an den Bretterzaun stellen.«

Niemand hatte Mut. Da sagte er: »Ich wette, der Michael ist ein ganzer Kerl.« Ich bemühte mich, ein ganzer Kerl zu sein und stellte mich an den Zaun. »Mach die Beine breit!«, sagte Egon. Ich machte die Beine breit und fühlte im Rücken die Bretter des Zaunes. »Ich habe keine Kugeln für das Luftgewehr«, sagte Egon. »Ich schieße mit diesen kleinen grünen Holunderbeeren. Genau zwischen deine Beine. Hast du Angst?« O ja, ich hatte sehr viel Angst, aber ich bewunderte ihn und dachte wohl, es sei nicht der Augenblick, Angst zu haben. Eine Männersache. Er lud das Gewehr und zielte auf irgendeinen Punkt zwischen meinen Beinen. Dann schoss er und traf mich sicher in den rechten Oberschenkel. Es schmerzte. Er lud erneut und sagte: »Der Michael ist ein echter deutscher Junge.« Ich blieb also mit gespreizten Beinen stehen und duldete es klaglos, dass er ein zweites Mal schoss. Er traf.

Viele Jahre später habe ich ihn noch einmal wiedergetroffen, und er war von einer seltsamen Sprachlosigkeit, was mich verwunderte. Er wird sich erinnert haben. Die gut sichtbaren Narben auf dem Oberschenkel habe ich ihm nicht in lachender gemeinsamer Erinnerung gezeigt. Ich habe nichts von jenem sehr schmerzhaften Vorfall erwähnt, ich habe gedacht: was für eine Zeit muss gewesen sein, dass ich ihn bewunderte!

Meine Mutter war eine sehr fröhliche Frau. In meiner Erinnerung wieselt sie in heller Aufregung um mich herum und sagt dauernd: »Icki! Du hast jetzt die dritte Mütze verloren! Und draußen ist es sehr kalt.«

Sie nannte mich Icki, und ich liebte sie.

Die Anneliese Preute war eine sehr tüchtige Frau. Nach dem Krieg pflegten die Nachbarinnen in Neid und Bewunderung zu sagen: »Sie war so praktisch und so flink. Niemand war so schnell im Bunker wie sie. Sie hatte alle Taschen gepackt; alles stand neben der Haustür. Dann rannte sie mit den Kindern los, den Claus auf dem Arm, den Michael hinter sich herziehend.«

Meine Mutter – und dies ist mir sehr kostbar – sang immer. An zwei Lieder habe ich eine sehr deutliche Erinnerung. »Schenkt man sich Rosen in Tirol« hieß das eine. Das andere war: »Im Dom zu Kölle, zu Kölle am Rhein ...« Es waren sehr schöne Lieder. Sie sang durchaus nicht fein und zart, sondern kräftig und mitunter wohl falsch. Aber sie sang! Viele Jahre später sagte sie einmal nachdenklich: »Es war eine sehr schlimme Zeit; aber ich war glücklich mit Papa. Gott, waren wir glücklich!« Ich kann mich an nichts erinnern, was mir das Gefühl so tiefer Geborgenheit gab, wie diese Frau, die immer gelassen und heiter schien – wohl auch war. Kein Grund, Furcht zu haben.

Es war wunderbar, mit ihr zur Höhensonne zu gehen, jene kleinen dunklen Brillengläser aufzusetzen, nackt ausgezogen zu werden und sich neben die nackte Mami legen zu dürfen. Wundersame Liebe.

Ich habe meinen Vater immer geliebt, nur unterbrochen von den Perioden jähen Hasses, die uns unser Bauch unnachsichtig diktiert. Welch ein Mann neben der rheinischen, spezifisch kölschen Frohnatur meiner Mutter. Er war schweigsam, ohne verbissen zu sein, er wusste recht viel von sich und den Menschen. Ein sanfter nachdenklicher Mann, der wie der Zauberer im Märchen eine Geste hatte, die ich in Zärtlichkeit nie vergessen werde: Er legte die Hand auf meinen Kopf und sagte behutsam: »Icki!« Und wo Aufregung gewesen war, kehrte Ruhe ein.

In jenen fieberhaften Perioden zwischen Leben und Tod war mein Vater eine sehr massive Mauer zwischen allen Gefahren und ausgelassener Kindheit. In meiner Erinnerung hatte er keine Furcht. Ich erinnere mich deutlich.

In einer Nacht im Bunker kam er und sagte, er wolle mir etwas zeigen. Es war uns Kindern Pflicht, lästiges Muss, in der Kasematte, die man uns zugeteilt hatte, zu verharren, gleichgültig, was geschah. Diesmal nahm mein Vater mich mit hinaus in die Nacht. »Sieh mal«, sagte er. Die Suchscheinwerfer der Flakgeschütze stachen helle Bahnen in den Himmel. Die Luft war erfüllt vom Dröhnen der Flugzeuge. »Sie suchen den Feind«, sagte mein Vater. Dann schossen die Geschütze, und er legte die Hand auf meinen Kopf. Davon träume ich heute.

Die Ahnung vom Tod konnten meine Mutter und mein Vater nicht fernhalten von mir. Es muss Nacht gewesen sein, sie müssen irgendetwas überhört haben, irgendetwas hat ihre reibungslos funktionierende Fürsorge übertölpelt.

Meine Mutter war angstvoll aufgeregt. Sie kam in das Kinderzimmer gestürzt, hatte alle ihre Anmut verloren, war keine schöne Frau, eher eine Hexe. Sie schrie irgendetwas, nahm meinen Bruder Claus mit großer Aggressivität an sich und lief hinaus. Mein Vater kam, riss mich hoch, erklärte nichts, war hart, nicht behutsam. Er schlang eine Decke um mich und sagte: »Lauf! In den Bunker! Los, lauf!« Mit der Decke konnte ich nicht laufen, ich stolperte. Mein Vater schrie: »Scheiße!«, riss die Decke zurück und brüllte mich an, ich solle hinter der Mama herrennen. Dann schrie er erneut »Scheiße!«, und ich muss verstanden haben, dass es Dinge gab, die mächtiger waren als er. Ich hatte Angst.

Wir hetzten die Straße entlang zum Bunker, und ich erinnere mich deutlich, dass meine Mutter ein paar Schritte vor mir weinerlich rief: »O Gott, o Gott, o Gott!« Es ging an jenem Eckhaus vorbei, das, vier Stockwerke hoch, für mich ein Hort mildtätiger Geschichten war. Unten im Erdgeschoss lag Heiners Gemischtwarenladen. Heiner war ein wunderbarer Mann, denn wenn Mami dort einkaufen ging, schenkte er mir Bonbons. Das Haus brannte und war nur noch der Rest eines Hauses. Es war ein Flammenmeer, aus dem nur noch die Seitenwände ragten. »Der Heiner!«, schrie mein Vater.

Da stand der Heiner wohl drei oder vier Stockwerke hoch auf der schmalen, kahlen Wand des Hauses, in dem er Kindern Bonbons geschenkt hatte, er hatte keine Chance.

Mami schrie: »O nein!«, dann griff sie nach meiner Hand und zog mich vorwärts. Und während Heiner in den Flammen krepierte, erreichten wir den Bunker. Ich habe geweint.

Wir hockten zu allen möglichen Zeiten aller möglichen Tage und Nächte in dem Bunker. Und wenn die

Flugzeuge des Feindes Befehl hatten, Osnabrück oder das, was sie unter Osnabrück verstanden, anzugreifen, dann unterhielten sich die Erwachsenen im Flüsterton, als könnten die Piloten sie hören. Uns wurde bedeutet, ganz still zu sein. Und dann war da das helle »Klack-klack«. Jemand sagte: »Das sind die Brandbomben!«, damit war alles gesagt. In einer Nacht war es schlimm, und es ist müßig, das Datum aus irgendwelchen Archiven auszugraben. Es spielt keine Rolle. Wir saßen lange im Bunker und das »Klack-klack« war endlos, dazwischen jedoch dumpfe, tiefe, lange Laute. Irgendjemand sagte: »Luftminen.« Als wir uns – und ich erinnere mich an verbissenes Schweigen – in der Menge zum Ausgang drängten, sagte mein Vater: »Diesmal hat es uns wohl erwischt.«

In der Klöcknerstraße waren nur drei oder vier Häuser, unser Haus stand noch, auch das Haus der geliebten Ursula.

Aber das Haus meiner Fee war platt, ein Trümmerhaufen. Es waren Liebigs. Liebigs hatten eine Tochter, die mir älter erschien, als meine Mutter. Sie war schön, manchmal dachte ich, sie wäre eine jener unvergleichlich schönen Feen, von denen mir meine Mutter erzählt hatte.

»Die liegen drunter«, sagte mein Vater. »Ich muss den Luftschutz holen. Wir müssen buddeln.« – »Sie hatten die Nase voll davon, immer in den Bunker zu rennen«, sagte meine Mutter und sie weinte.

Das Haus der Liebigs war mit dem Dachgeschoss dreistöckig gewesen. Der Riese hatte die Hand daraufgestemmt und es zusammengequetscht. Es war halb so hoch wie das Erdgeschoss, ein Mehlberg aus Steinen und irgendwelchen Dingen, die ihre Form verloren hatten.

Meine Mutter schaffte uns fort. Irgendwann begannen die Männer und Frauen zu buddeln. Als die Liebigs gefunden wurden, waren sie sehr tot und sehr kaputt. Es gab nichts zu beerdigen von ihnen. Um ein gutes und angemessenes Begräbnis zu organisieren, legten die Leute ein paar Backsteine aus den Trümmern des Hauses in die Särge. Das reichte für die Zeit damals, das war schon sehr viel und sehr komplett. Die Fee hieß Annegret.

Meine Lieblingstante hieß Adda und hatte einen Mann, den ich Onkel Konrad nannte. Sie waren Apotheker und wurden, »weil der Osten Leute braucht«, nach Tilsit geschickt, um dort die »Bären-Apotheke« zu betreiben. Am 12.4.44 schrieb meine Mutter diesen Leuten folgenden Brief:

Liebe Adda und lieber Konrad!
Hier geht es seit 14 Tagen reichlich bunt zu, aber wir haben immer noch Glück gehabt, obwohl täglich Bomben fielen. Und nun nennt uns heute auch noch der blödsinnige Wehrmachtsbericht, obwohl es an anderen Tagen viel bunter zuging. Dazu hat Claus Masern, muss hochfiebernd in den Bunker bei Tag und Nacht, wo ich wie eine Aussätzige behandelt werde. Hoffentlich geht es gut mit dem Kinde. Ich bin von schlaflosen Nächten und Tagen halb tot. So weit seid Ihr nun fort. Hoffentlich gefällt es Euch.
Wenn wir noch leben, fahren wir Anfang Juni auf drei Wochen nach Kottenheim in die Eifel. Icki

wird übrig bleiben! Geld ist für ihn genug da: zwei Lebensversicherungen beim Gerling-Konzern, Postsparbuch Osnabrück. Bei der Städtischen Sparkasse in Osnabrück, Abt. Schinkel, zwei Sparbücher auf Michael Preute, ein Sparbuch auf Claus Preute, ein Sparbuch auf Willy Preute. Ich hoffe so sehr, dass wir alle noch lebend und vergnügt Frieden feiern.

Anbei eine Aufstellung von den Sachen, die wir nicht im Hause haben: Bei Alice Rose in Ostereiden, Krs. Lippstadt, ein Paket mit echten Silbersachen, ein Paket mit Wäsche. Bei Hilda: ein Koffer mit Wäsche. Bei Frau Richertz: ein Anzug von Willy, ein Samtkleid von mir, ein Mantel von Icki. Im Bunkerzimmer: drei Pakete mit Wäsche und Kleidern, drei Mäntel von mir. Beim Bunkerwart im Maschinenraum: ein Vulcanfiberkoffer, ein Wollkleid, ein Morgenrock, zwei Anzüge von Willy. In Eile viele Küsse

Anneliese

Meine Mutter starb in ihrem 68. Lebensjahr, sie war sehr müde und hat nicht mehr leben wollen. Sie hat einfach aufgegeben und ist – eine Schüssel mit Ravioli in der Hand – gestorben. Einfach so.

Die zweiten Bunker

Ich hocke in diesem Bauernhaus, habe mich abseits gestellt, aus dem Leben mit meiner Familie herausgenommen, will allein sein. Ich bin sechshundert Kilometer weit in die Hocheifel gefahren, um herauszufinden, was den ersten Bunker meines Lebens mit jenem Bunker verbindet, dem ich jetzt auf der Spur bin.

Ich habe den Bunker der deutschen Bundesregierung recherchiert und bin verwirrt. Der Bunker ist wohl kein Bunker, der Bunker ist eine Stadt unter der Erde. Käme jemand über meinen Weg, um zu behaupten, die hätten da unten auch einen Puff geplant, so würde ich es zunächst glauben. Nichts an diesem Regierungsbunker ist undenkbar. Aber einen Puff werden sie nicht geplant haben. Ein Informant sagte mir: »Im Kriegsfall oder im Ernstfall wird kein Puff geplant. Der Krieg und der Ernst machen den Puff. Und Frauen werden die da unten haben und es wird kein Bedarf sein an strengen Moralbegriffen, wie Prostituierte sie haben. Denen da unten unter der Erde wird es mehr frommen und wohl auch mehr Vergnügen machen zu beobachten, wie Frauen zu Nutten werden. Sekretärinnen und Ehefrauen. Nein, die brauchen keinen Puff zu planen.«

Draußen scheint die Sonne, es ist sehr kalt, der Schnee ist blau. Ich habe schon drei Tage lang Holz für den Kamin geschlagen, denn bald werde ich keine Zeit mehr haben, die Vorratshaltung dieses alten Gemäuers zu beachten, der Stoff und das Thema werden mich einfangen und mich nicht mehr loslassen. Meine Frau sei gesegnet, die mir riet, den Stoff dort zu schreiben, woher er kam. Und gesegnet sei Inge, die sagte, sie werde mir ein solch altes Haus in der Einsamkeit vermitteln, auf dass ich mich wütend und verletzt auseinandersetzen kann mit dieser Konservendose aus Stahlbeton, die ein paar Kilometer von der Herrlichkeit dieser Landschaft entfernt in die Erde gebaut wurde. Die Konservendose, das ist ganz sicher, wird diese Landschaft kaputt machen. Aber denen, die drin sind, wird das gleichgültig sein. Sie wollen leben und wahrscheinlich werden sie leben. Ein bisschen.

Seit dem Zweiten Weltkrieg war ich ständig von Bunkern begleitet. Und bis heute haben mich Bunker nicht verlassen.

Im Krieg waren alle Bunker Löcher, in denen man sich versteckte, nach dem Krieg wurden sie Löcher, in denen wir Kinder spielten. Herrliche, grausame Löcher. Jahrelang bin ich als kleiner Junge durch die Ruinen der Musikschule an der Rolandsmauer in Osnabrück getobt, durch die offenliegenden, verrotteten Bunker darunter geschlichen. Nie habe ich die Angst verloren, hinter irgendeiner finsteren Biegung auf ein Skelett zu treffen – jene alten, nicht fassbaren Träume von Gewalt und Tod Wirklichkeit werden zu sehen.

Bunker gab es überall; die massiven, aus Beton gegossenen Giganten in der Stadt und die sehr naiv anmutenden, Unterständen gleichenden Schutzräume der Bauern im münsterschen Land. Sie waren gebaut wie eine Runkelrübenmiete, sie hatten etwas Rührendes. Ein tiefer Graben neben dem Bauernhaus, abgedeckt mit einer Lage oberschenkeldicker Kiefernstämme, darüber eine Lage Erdreich, das sich bald mit Gras und Blumen zusetzte. Und wer reich war, der legte die Baumstämmchen in zwei oder gar drei Schichten übereinander, und er war stolz auf seinen Hausbunker, nicht ahnend, dass jedes vom Himmel fallende Gewicht ihn glatt und einfach durchschlagen würde. Die Illusion war perfekt.

Allmählich wurden wir Kinder aus den Bunkern verdrängt, denn entweder wurden sie geschleift, oder aber man baute sie zu Nothäusern um, in denen jene schlafen und essen durften, die kein Dach über dem Kopf mehr hatten nach ihrer langen. Wanderung aus dem Osten. Dann kam eine Periode ohne Bunker, aber sie war so kurz, dass ich mich frage, ob ich denn je im Leben ohne Bunker gelebt habe. Die alten Bunker gab es noch. Und es gibt sie noch. Und mit dem Aufbau der Bundeswehr und der NATO wurden neue Bunker gebaut. So selbstverständlich, dass niemand auf die Idee kam, Bunker infrage zu stellen. Ich las Remarques IM WESTEN NICHTS NEUES und DIE GRUPPE BOSEMÜLLER und ich begriff, dass schon im Ersten Weltkrieg völlig klar geworden war, dass Bunker nichts nützten, nicht schützten vor Tod, ihn kaum verzögerten.

Bunker sind etwas entsetzlich Nutzloses. Ich erinnere mich, über die Landung der Alliierten in der Normandie gelesen zu haben. Sehr süffisant und spottend ist es beschrieben, wie Soldaten der deutschen Wehrmacht sich sicher wähnten hinter meterstarken Mauern aus Stahlbeton, und wie die Stoßtrupps der Engländer, der Franzosen, der Amerikaner, der Kanadier sich einfach angesichts dieser arroganten Klötze in der Erde entschlossen, sie links liegen zu lassen, sie einfach zu umgehen – sofern es ihnen nicht in Wut und Hass gefiel, die deutschen Soldaten darin im Entsetzen einer Handvoll Handgranaten zu zerstückeln.

Wenig später gab es für mich Bunker in anderen Ländern. Ich sah die Bunker anderer Kriege, in Nahost und in Vietnam. Nie habe ich gehört, dass einer dieser Bunker nützlich war, den Tod wirklich verzögerte. (Wessen Tod sollen Bunker verzögern?) Angesichts der immer furchtbarer wirkenden Waffen war es dumm, so etwas zu glauben. Aber es war wohl auch sehr menschlich, immer wieder Bunker zu bauen, als könne man durch deren Existenz so etwas wie Sicherheit gewinnen.

Im Sommer 1983 kam Peter zu mir und sagte, er wolle in seiner »edition Nachtraben« ein Buch machen. Er sagte: »Ein besonderes Buch, eines über den Regierungsbunker. Willst du es versuchen?«

Ich war erstaunt, denn ich dachte, dass über einen Regierungsbunker hierzulande nichts zu schreiben sei, weil alles geschrieben ist. Aber nichts ist darüber geschrieben worden, weil niemand etwas wissen will und weil deshalb niemand etwas weiß. Aber ich denke, dass sie wissen sollten, was da an der Ahr in der Erde liegt. Denn es gibt, nach meinen Recherchen zu urteilen, in diesem Land nur einen Punkt, an dem man einen Atomkrieg mit großer Wahrscheinlichkeit überleben kann. Der Punkt ist der Regierungsbunker an der Ahr vor den Toren der Hauptstadt Bonn.

Die Bevölkerung hat durchaus das Recht zu erfahren, wie diese Stadt unter den Rotweinbergen aussieht, denn sie hat der Regierung diesen Bunker geschenkt, oder vielmehr hat sich die Regierung die Geldmittel geholt, um dieses Ding zu bauen. Aber die Bevölkerung wird dort keinen Schutz finden, denn sie darf nicht hinein. Es ist ein Bunker für die sehr privilegierten Leute dieses Landes.

So kann ich auch für all jene schreiben, die auf höchst geheimen Listen zu den auserwählt Lebenden der langen Atomnacht gehören sollen. Sie wissen noch nicht, was sie erwartet. Aber ich wünsche ihnen viel Vergnügen ...

Der dritte Bunker

6. Dezember 1983

Sich erneut in den Dunstkreis eines Bunkers oder der Idee eines Bunkers zu begeben, war ganz einfach. Peter hatte angerufen und gesagt, dass er mit vielen Buchhändlern überall in der Bundesrepublik gesprochen habe. »Die Leute warten auf überzeugende Sachen. Sie warten halt mal wieder auf so einen richtigen Knüller. So etwas fehlt. Und der Bunker der Bundesregierung ist sicherlich ein sehr gutes Thema.«

»Das ist aber verflucht schwer, derartige Erwartungen zu erfüllen. Gute Texte sind selten.«

»Versuch es und gehe an den Bunker ran.«

Ich fuhr um drei Uhr nachmittags in München los, das Wetter war grau, mit gelegentlichem Regen, Bayern 3 versprach Schnee in den Regen. Der EG-Gipfel in Athen tagte, der Sprecher sagte, dass man wenig Hoffnung habe, Europa dort zu retten. Europa werde Weihnachten pleite sein.

Ich erinnerte mich, dass der STERN vor vielen Jahren einmal etwas über diesen Regierungsbunker geschrieben hatte. Der SPIEGEL hatte ihn mehrfach erwähnt. Ich würde mir diese Unterlagen besorgen müssen. Dann gab es noch eine Notiz aus einer Nachrichtensendung des ersten oder zweiten Kanals. Sie hatten von oben gefilmt – einige Bundestagsabgeordnete beim Betreten des Bunkers aufgenommen. Die genaue Nachrichtenlage, die mit diesem Filmchen zusammenhing, fiel mir nicht ein. Aber wenn sie aus so kompliziertem, weil nichtssagendem Winkel gefilmt hatten, dann musste irgendetwas an diesem Bunker höchst geheim sein. Wahrscheinlich war es seine bloße Existenz. Das würde passen zu dem, was man hierzulande als »Staatsgeheimnis« waltet.

Ich hatte über die Bunker der amerikanischen Regierung gelesen. Da blieb kaum etwas offen, vielleicht noch die Frage, ob der US-Präsident auf einem Pferd in den Bunker reiten kann.

Ich dachte an Bunker in Israel, irgendwo sonst im Nahen Osten, in Vietnam. Sie alle wirkten sehr bedrohlich auf mich, weil sie die Realität des Lebens außerhalb nicht anzuerkennen brauchen – nach dem Gemüt ihrer Erbauer wohl auch nicht anerkennen sollen.

Was wollen die Regierenden in Bonn mit einem Bunker? Sind sie so arrogant anzunehmen, dass die Existenz eines Bunkers irgendetwas an der Weiterexistenz dieses Landes oder dieser Welt ändern kann? Ich musste versuchen, objektiv an diesen Bunker heranzugehen, Tatsachen zu sammeln und zu entscheiden, wenn es Tatsachen gab. Ich wusste: Ich hatte gewisse Einsichten in das Wesen von Bunkern und sollte nicht versuchen, objektiv zu sein – nur ehrlich.

In Höhe Günzburg war plötzlich Schnee im Regen und sehr bald kamen mir auf den Gegenfahrbahnen die ersten Streufahrzeuge entgegen. Ich war dankbar, dass die Fahrt durch Schneeglätte oder Glatteis möglicherweise langwierig werden könnte. Langsamkeit war etwas, was mir bei einem Regierungsbunker von Vorteil sein konnte. Die Landschaft war weiß, der Schnee blieb zunächst liegen. Dann war die Fahrbahn glatt und ich bremste herunter auf eine vertretbare Geschwindigkeit. Bei Merklingen/Münsingen kam Nebel hoch. Ich kroch und pfiff den Basin-Street-Blues und fragte mich, wen die Regierung nach erfolgreichem Überleben denn regieren wolle.

Es war ein sehr plastisches Bild: der außerordentlich stattliche Bundeskanzler Kohl lässt sich von einem Bundeswehrsoldaten eine Panzertür beiseiteschieben, blinzelt in die Atomnacht, hebt an zu sprechen, spricht: »Die Würde des deutschen Volkes ist in jedem Fall gewahrt geblieben ...« Will weitersprechen, stutzt und sagt dann erstaunt in bleiche Gesichter hinter sich: »Ei, da ist ja niemand ...«

Punkt 16.38 Uhr fuhr ich, gewarnt von einem freundlichen Rundfunkmenschen, in einen Stau vor Stuttgart. Der Mann, der rechts neben mir anhielt, zog die Achseln sehr hoch und blinzelte mich lächelnd an. Deutsche in Dosen.

Der Rundfunk meldete an erster Position, dass der Athener Gipfel geplatzt sei, dass unser Bundeskanzler aber die Hoffnung nicht aufgegeben habe.

21 Uhr war ich in Bad Breisig. Zu diesem Ort habe ich eine Beziehung. Mein Großvater, der Josef Preute, starb

da, nachdem er seine letzten Lebensjahre vornehmlich lachend beim Weintrinken mit den katholischen Pfarrern aus der Umgebung verbracht hatte. Jetzt lebt mein Vater dort. Ich mag sie beide sehr. Von hier aus zu Peter in die Eifel war es nicht weit, von hier aus war es auch nicht weit an die Ahr, wo sich dieser gottverdammte Regierungsbunker befindet, der eine Klammer in meinem Bauch war, obwohl ich noch nicht das Geringste über ihn wusste. Aber natürlich war ich voreingenommen.

Ich hatte ein Zimmer in einem Hotel bestellt. Das Hotel wirkte so tot wie eine Ruine. Auf dem Parkplatz stand kein Auto, die Schwingtür war zu, in den Fenstern kein Licht. Ich schellte und die alte Dame öffnete mir mit verkniffenem Mund. »Nichts los«, sagte sie, »absolut nichts los vor Weihnachten. Das ist jedes Jahr so, und jedes Jahr hoffe ich, dass es nicht so sein wird. Wo kommen Sie her? Honolulu?«

»Nein, aus München.«

»Das ist dasselbe«, sagte sie missmutig. »Hier, nehmen Sie Ihren Schlüssel, der Hausschlüssel hängt dran. Wie geht es dem Vater?«

»Gut, soweit ich weiß.«

»Ja, ja, wir alten Leute. Aber Ihr Vater kriegt wenigstens noch Besuch.« Dann sauste sie davon, möglicherweise spielte sie Bridge mit irgendwem, und wahrscheinlich verlor sie seit Stunden, weil sie einen schlechten Partner hatte. Ich mag Bridge nicht.

Es war niemand im Hotel, ich war der einzige Gast. Ich schleppte die Koffer und die Schreibmaschine hinein und richtete das Zimmer her. Das ist wichtig für mich, eine Übung, die ich seit vielen Jahren mache. Ich richte jedes Hotelzimmer für mich ein. Ich verrücke die Möbel, stecke den Akku für mein kleines Batterie-Diktiergerät in eine Steckdose, ich stelle die Schreibmaschine auf den Tisch, ich nehme 100-Watt-Birnen aus meinem Reisezubehör und schraube sie in die Fassungen, um dadurch den Spartrieb des Hoteliers zu unterlaufen. Ich lege einen Stoß weißen Papiers neben die Maschine, als wolle ich augenblicklich loslegen. Das Zimmer muss etwas von mir haben.

Ich duschte und zog mich um. In diesem Hotel wollte ich nichts essen und fuhr zu Peter in den alten Eifel-Bauernhof. Es ist ein düsteres Gebäude in einer schmalen Straße, ein hohes lichtgrünes Tor am Eingang wirkt unfreundlich. Da war plötzlich die Assoziation Bunker.

Ich lernte Peters Frau kennen, die Gudrun. Sie sollte Mitte Januar ihr Kind kriegen. Ich wusste nichts von ihr, ich hatte sie nie gesehen. Nur einmal hatte er gesagt: »Eine starke Frau.« Sie war sehr hübsch und wirkte mütterlich mit ihrem dicken Bauch. »Hallo«, sagte sie.

»Irgendetwas Neues vom Bunker?«, fragte er.

»Ich weiß nichts. Ich will mich auch vorher nicht großartig informieren. Wir werden alles herausfinden, wenn es irgendetwas gibt.«

»Wir dachten, du packst deine Sachen aus und schläfst hier. Du kannst oben in meinem Arbeitszimmer schlafen und schreiben.«

»Das ist nicht so gut«, sagte ich. »Ich habe ein Zimmer in einem Hotel in Bad Breisig. Zuweilen will ich nachts nachdenken und schreiben. Und beides macht Lärm.«

»Ja, das kann ich verstehen«, sagte Gudrun.

Sie machte mir etwas zu essen und ich rief zu Hause an, um zu sagen, ich sei gut angekommen. Später gab es Kaffee und wir sprachen über den Bunker, von dem wir noch nichts wussten.

»Wie willst du vorgehen?«, fragte Peter.

»Das ist ziemlich einfach. Ich fahre hin und sehe mir an, was davon zu sehen ist.«

»Gleich kommt mein Partner, der Georgie«, sagte Peter. »Können wir mit, oder stört dich das?«

»Es stört mich nicht im geringsten. Du solltest wissen, woran du bist. Es ist auch dein Buch.«

»Ich habe mir den STERN geben lassen. Hier ist die Sache über den Bunker. Viel steht wahrhaftig nicht drin. Es sieht aber so aus, als habe der Autor viel mehr gewusst, als er geschrieben hat.«

»Das sind mir Autoren«, sagte ich. »Ich werde es lesen, wenn ich im Bett liege.« Später kam Georgie, ein junger Mann, der einen sehr aufmerksamen Eindruck machte. »Wir sind schon im vorigen Jahr um den Bunker gegangen, der macht sich sehr geheimnisvoll.«

Wir plauderten harmlos dahin, bis ich um zwei Uhr in der Nacht zurückfuhr nach Bad Breisig. Bevor ich schlafen ging, zog ich die Badehose an und schwamm im Untergeschoss ein paar Runden. Ich las die Bunkergeschichte im STERN nicht mehr. Wenn irgendetwas von Bedeutung dringestanden hätte, wäre ich von Peter informiert worden.

In dieser Nacht konnte ich schlafen, wenngleich ich einer alten Gewohnheit folgend um sieben Uhr aufwachte. Ich sagte am Telefon, ich hätte einen Mordshunger auf ein Frühstück mit allem Drum und Dran. Dann rief ich meinen Vater an und sagte, dass ich im Lande sei, und ich sagte ihm auch, weshalb. Er schwieg lange und meinte: »Das kann eine gefährliche Geschichte werden, pass bloß auf dich auf. Aber es wird wahrscheinlich auch eine gute Geschichte.«

Die Frau, die er nach dem Tod meiner Mutter geheiratet hatte, die Elisabeth heißt, die eine Malerin ist, die zu wenig malt, die ich meine Freundin nenne, sagte besorgt: »Und was mache ich, wenn sie dich einsperren?«

»Dann schickst du mir das Essen in den Knast.«

»Ja, wenn man das darf, dann tue ich das.« Sie lachte und war erheitert.

Sie ist eine großartige Frau, die sich abends die Nachrichten im Programm der ARD wohl nur ansieht, um auf die Regierung schimpfen zu können.

7. Dezember 1983

Es war feucht, aber es regnete nicht. Der Himmel war verhangen. Die Eifel wirkte karg und trostlos auf der Fahrt zu Peter. Irgendwo in der Ferne war Schnee zu sehen.

Wir nahmen Peters Wagen und fuhren auf die Autobahn Koblenz-Köln. Ich nahm das kleine Diktiergerät und sagte beiläufig die Namen der jeweiligen Abfahrten auf das Band, an denen wir vorbeizogen. An der Abfahrt Bad-Neuenahr/Altenahr fuhr er vorbei. »Wir haben uns gedacht, dass es besser ist, wenn du dir mal ein Autobahnstück ansiehst, auf dem angeblich Düsenflugzeuge landen können. Angeblich soll dieses Autobahnstück in direktem Zusammenhang mit dem Bunker stehen. Der liegt jetzt links von uns. Ungefähr sieben bis acht Kilometer entfernt.«

»Ich habe mich gefragt, warum der Bunker der Bundesregierung rund 20 Kilometer von Bonn entfernt liegt. Ist eigentlich bekannt, in welcher Zeit die Leute aus Bonn den Bunker erreichen können?«

»Ja«, sagte Georg. »Die Angaben sind nicht sehr genau, aber ungefähr wissen wir Bescheid. Zuerst hat man davon gesprochen, dass die Bonner vielleicht dreißig Minuten Zeit haben, den Bunker zu erreichen. Dann, bei der Planung zur Aufstellung der Pershing II und Cruise Missile sind in den Zeitungen Angaben von acht Minuten, sieben Minuten, zehn Minuten, fünfzehn Minuten gemacht worden. Das ist die Zeit, die die Regierenden haben, um im Bunker zu verschwinden. Wir sind auf die Idee gekommen, dass irgendetwas an unserem Bunkerbild nicht stimmen kann. Denn in dieser Zeit können die das nicht schaffen. Selbst für die, die in Bonn sind, wird das schwer. Da braucht man schon einen Hubschrauber, der die Strecke in ein paar Minuten macht. Wir denken, dass irgendetwas an diesen Überlegungen falsch ist.«

»Was ist denn falsch?«

Georg sagte: »Falsch ist die Überlegung, dass die Bonner Notregierung und alle Minister sich in Bonn in einen Hubschrauber setzen müssen, um in Sekunden den Bunker zu erreichen. Die Realität wird nicht so furchtbar schnell sein. Wir haben den Fehler gemacht, den Bunker ohne die Politiker zu sehen. Die Politiker werden Tage vor der Katastrophe wissen, dass die Lage brenzlig oder gar aussichtslos ist. Und sie werden also Zeit genug haben, in den Bunker zu gehen. Selbst wenn die Bevölkerung keine Ahnung haben sollte – die Politiker werden es wissen. Denn die Leute aus Washington werden den Leuten aus Bonn sagen: Nun passt mal auf! Verschwindet jetzt in eurem Bunker, die Lage wird ernst! Es wird wahrscheinlich eben nicht so ablaufen, dass die Amerikaner oder die Russen ohne vorheriges Politgeplänkel einfach auf den Auslöser drücken. Diesen einfachen Fehler haben wir gemacht.«

»Aber wir haben auch bedacht, was los ist, wenn die Amerikaner oder die Russen ohne Vorwarnung auf den Knopf drücken. Das kann man nicht ausschließen. Also für den Normalfall gilt zunächst, dass die Leute an der Ahr wahrscheinlich die ersten Bürger der Bundesrepublik sein werden, die genau wissen können, wann der Ernstfall eintritt. Wenn nämlich ohne Ankündigung eines Manövers oder NATO-Manövers die Bundesminister und die Abgeordneten kommen, um sich aus Hubschraubern und Autos in den Bunker zu ergießen – das ist der Ernstfall! Wenn der Bundesgrenzschutz und die Bundeswehr zu Hunderten in den Keller rasen, wenn die Bundesstraße an der Ahr gesperrt wird, wenn alles dicht gemacht wird, dann ist ebenfalls Ernstfall. Aber dann wird der Kleine Mann an der Ahr keinen Minister, keinen Bundeskanzler und keinen Abgeordneten sehen. Die können in den Bunker kommen, ohne gesehen zu werden.«

»Daran dachte ich. Es gibt also eine Verbindung von Bonn in den Bunker?«

»Es muss etwas geben«, sagte Peter. »Erstens ist das sehr logisch, und außerdem haben die Bonner ja wohl beim Bunkerbau erstklassige Planer gehabt. Der Bunker ist vollkommen sinnlos, wenn man ihn nicht direkt von Bonn aus erreichen kann, indem man im Bundeskanzleramt oder im Verteidigungsministerium einfach in den Keller geht. Was weiß ich – vielleicht in zwanzig oder dreißig oder vierzig Metern Tiefe einfach einen Stollen erreicht, sich in irgendetwas setzt, meinetwegen in einen Elektrokarren und dann mit Schwung ab in die Kasematten …«

»Ich finde das pervers«, sagte Georg. »Ich finde das einfach zum Kotzen.«

„Sie wollen überleben«, sagte ich. »Ist das mit der Stollen-Verbindung von Bonn in den Bunker nur eine Überlegung oder gibt es da wirkliche Hinweise?«

»Da gibt es wirkliche Hinweise«, sagte Peter. »Und zwar ist es so, dass du in jeder Kneipe dreißig Kilometer rund um den Bunker irgendwelche Leute triffst, die steif und fest behaupten, dass es da einen Stollen gibt. Das sind Leute, die zum Teil mit dem Bunkerbau zu tun hatten, die vor Jahren mal drin waren, um als Arbeiter oder Handwerker irgendetwas auszubauen. Wir haben anfangs auch gedacht: die spinnen! Aber dann wurde uns klar, dass die wohl gar nicht so unrecht haben. Der Bunker ist ohne Stollen direkt nach Bonn eigentlich vollkommen wertlos. Wir haben nur nicht herausgefunden, wie die einen solchen Stollen bauen konnten, ohne dass Tausende von Lastwagen die Erde abgefahren haben, durch die sie sich buddeln mussten.«

»Moment«, sagte ich. »Du brauchst beim Bau eines Stollens nicht einen einzigen Lastwagen sehen. Wenn du mit modernen Methoden arbeitest, dann wird der Stollen durch hohen Wasserdruck vorangetrieben und das Erdreich und die Steine werden schlicht und einfach zersägt, mit Wasser aufgefüllt. Das ergibt einen ziemlich feinen Schlamm, der durch eine Rohrleitung abfließen kann. Das heißt, du kannst dich unter der ganzen Bundesrepublik durchwühlen, ohne dass oben ein Mensch merkt, was du eigentlich tust.«

»Also geht das doch,« sagte Georgie.

»Sicher«, sagte ich. »Es ist eigentlich eine feine Meldung und gibt dem Ganzen auch einen sehr deutschen Sinn. Die Deutschen sind wirklich perfekt in solchen Dingen. Aber wir dürfen nicht behaupten, dass es einen Stollen gibt. Wir brauchen einen guten Beweis.«

»Was ist ein Beweis?«

»Wenn wir jemanden finden, der uns einen Plan zeigt, oder aber wenn wir einen Arbeiter oder Handwerker finden, der drin war und behaupten kann: Ich war da! Ich bin an der Ahr in den Bunker gestiegen und in Bonn aus der Erde gekrochen! Dann ist das ein Beweis, oder nicht. Ich finde die Idee eines solchen Bunkers albtraumhaft, ich finde sie sehr überholt. Wozu nutzt in einem modernen Krieg ein solcher Bunker? Wirklich um zu überleben? Das kann doch gar nicht sein, wenn die Regierenden bedenken, dass die Russen ihre SS-20 mit einer Zielgenauigkeit von etwa 30 Metern abschießen können. Dann richten die so ein Ding auf die Weinberge bei Marienthal und die ganze Regierung der Bundesrepublik ist mit absoluter Sicherheit tot. Die Bonner müssen ja wohl verdammt viel Geld für diesen Bunker ausgegeben haben. Und es sieht so aus, als hätten sie die Zielgenauigkeit moderner Atom-Raketen einfach übersehen. Und genau das halte ich für nicht möglich. Irgendetwas übersehen wir dabei.«

»Ich halte mal am nächsten Rastplatz«, sagte Peter. »Ich kann nicht fahren, wenn ihr so etwas Aufregendes überlegt. Wir machen da wirklich einen Fehler.«

»Was wir machen, ist zunächst alles sehr theoretisch«, sagte Georg ernst. »Wir haben ja noch keine Ahnung, was wirklich hinter dieser Bunkerplanung steckt. Irgendwie ist der Bunker so schrecklich sinnlos. Aber die können doch nicht sinnlos Millionen ausgeben.«

»Millionen?«, sagte Peter. »Du bist aber naiv. Ich wette, dass es Milliarden sind.« Er bog auf einen Rastplatz ein, steckte sich eine Zigarette an und kurbelte das Fenster herunter. Es hatte zu regnen begonnen. »Also lasst uns überlegen.«

»Die bauen also einen Bunker rund zwanzig Kilometer vom Regierungssitz entfernt. Nehmen wir an, es gibt einen Stollen – dann ist das Problem aus der Welt. Wenn man den Stollen bauen kann, ohne Monate hindurch das Erdreich abzutransportieren, ist das ja sehr geheim und sehr einfach.«

»Ihr dürft das ruhig überlegen«, sagte ich. »Wir leben in einem freien Land. Das Problem ist, warum ein solcher Bunker überhaupt gebaut wird. Wenn das wirklich mit dem Ziel geschieht, dass die Regierung überlebt, dann heißt das doch wohl, dass die Regierung meint, mit diesem Bunker eine echte Chance zu haben, wirklich zu überleben. Sie kann aber keine echte Chance haben, wenn man dem Bundesverteidigungsminister Glauben schenkt. Der sagt, dass die Zielgenauigkeit einer russischen SS-20 genauso groß ist, wie die einer Pershing II. Und die Zielgenauigkeit einer Pershing II kennen wir ja. Die trifft auf Hunderte von Kilometern Entfernung einen Punkt mit der Zielgenauigkeit von dreißig Metern.

»Aber dann ist der ganze Bunker doch umsonst«, sagte Peter. »Diese Zielgenauigkeit der neuen Raketen haben die in Bonn doch schon seit Jahren gekannt! Also, wir haben ja noch keine Ahnung, wie der Bunker aussieht. Aber eins steht doch fest: Im Ernstfall können die Russen ihn treffen. Und zwar an jedem Punkt, den sie wollen. Und wenn eine Rakete nicht ausreicht, um das Ding in die Luft zu jagen, dann schicken sie eben zehn Raketen auf dieses Ding und mindestens drei oder vier kommen durch und zerstören es. Das ergibt keinen Sinn. Ich kann doch einen Bunker nicht bauen, wenn ich weiß, dass ich sowieso keine Chance habe, ihn unzerstört durch das Chaos zu bringen.«

»Habt ihr die Bunkereingänge gesehen?«

»Ja. In Marienthal geht von der Bundesstraße an der Ahr ein schmales Seitental nach oben. Zwischen den Weinbergen. Nach zweihundert Metern erreicht man die Bunkereingänge. Rechts und links des Tals. Dann gibt es noch andere Eingänge. Am Hotel ›Hohenzollern‹ in Bad Neuenahr. Und in Dernau, also am anderen Ende, muss es ja auch einen Eingang geben.«

Georg schnaufte plötzlich. Er sagte: »Ich kann doch als Bundeskanzler nicht den Bau eines Bunkers anregen oder befehlen, wenn ich genau weiß, dass ein solcher Bunker keine Chancen hat. Also muss ich beim Bunkerbau wissen, dass er doch eine Chance hat. Es kann aber auch nicht sein, dass die Leute in der DDR oder in Russland nichts von dem Bau wissen. Die wissen das alle, denn im Bunker waren zahllose Abgeordnete und die Regierung und probten den Ernstfall bei NATO-Manövern. Außerdem ...«

»Außerdem war Günther Guillaume mit Willy Brandt drin. Als der noch Bundeskanzler war, gab es den Bunker doch schon. Da haben die da drin geprobt. Also weiß jeder, dass es so ein Ding gibt. Das erzählt man sich hier in den Kneipen.«

»Die Frage ist doch: Wie wichtig ist eine überlebende deutsche Regierung für die Russen oder für die Amerikaner?«, sagte ich.

»Na, überhaupt nicht«, sagte Peter. »Wir Deutschen sind doch völlig unwichtig. In dem Film DER TAG DANACH sind die Filmemacher von der Tatsache ausgegangen, dass hier bei uns ein Atomkrieg auf lokaler Ebene stattfindet, und dass zunächst den Russen Platz gemacht wird, weil die mit dem Riesenhinterland zunächst stärker sind. Das leuchtet ja auch ein, obwohl ich kein General bin.«

»Einen lokalen Atomkrieg gibt es doch gar nicht«, sagte Georg. In seiner Stimme war Angst. »Natürlich ist eine überlebende Regierung der Bundesrepublik für die Russen absolut uninteressant. Ich wette, die schießen nicht mal ihre kostbaren Raketen auf die Weinberge. Das lohnt sich doch gar nicht. Ich weiß ja nicht, ob in einem neuen Krieg derartige Überlegungen eine Rolle spielen. Aber dieser Bunker ist es doch wirklich nicht wert, dass man deswegen auch nur eine Platzpatrone opfert.«

»Man muss ja auch bedenken«, sagte Peter, »wie lange die radioaktive Strahlung dauert, und wie lange die in diesem Bunker bleiben müssen, ehe sie überhaupt herauskommen können.«

Ich überlegte: »Wenn ich ein Russe bin, dann mache ich den Bunker nicht kaputt. Da liegt eine Blechdose mit einer Menge Menschen darin, die unbedingt überleben wollen. Und ein paar von diesen Menschen sind vielleicht auf irgendeine Art wertvoll. Vielleicht sind es berühmte Künstler, die die Moskauer Theater attraktiv machen können, vielleicht sind es berühmte Musiker, die an der Moskauer Oper gastieren können. Und vielleicht sind es Verwaltungsleute, die wir gut in Kiew und drinnen in der Taiga gebrauchen können. Ich bin doch dumm, wenn ich diese Menschen töte. Die sind absolut harmlos, die können mir nur nützen, niemals schaden. Also lasse ich sie in Ruhe überleben und hole sie mir, wenn es draußen wieder Luft zum Atmen gibt. Und wenn ich nun …«

»Klar«, meinte Peter ein wenig atemlos. »Die in Bonn wissen das. Und damit bekommt der Bunker wieder einen Sinn für sie. Der ist zum Überleben wirklich gut, wenn die Russen nichts dagegen haben, dass sie überleben.«

»Da kommt noch etwas hinzu«, überlegte ich weiter. »Wenn die Russen wirklich Land gewinnen, also bis beispielsweise zum Rhein vorrücken, schießen die Amerikaner Raketen dahin. Und dann geht der Bunker wirklich drauf. Aber die Amerikaner werden keine Raketen dahin schießen, denn zu diesem Zeitpunkt wird das Land schon verwüstet sein. Umgekehrt ist es so, dass die Amerikaner ja auch das Land bis zur polnischen Grenze erobern könnten. Dann schicken die Russen vielleicht eine Rakete zum Bunker, um den Amerikanern das Spielzeug ›Überlebende Westdeutsche Regierung‹ kaputtzumachen. Nur so, aus purer Bosheit. Aber was auch immer geschieht, die Bonner haben geplant, dass sie überleben, und die Bonner werden wissen, dass eigentlich für die Russen kein ernsthafter Grund besteht, eine sehr kostspielige Rakete aus-gerechnet auf einen Weinberg zu setzen, unter dem der deutsche Bundeskanzler hockt. Es wäre arrogant anzu-nehmen, dass dieser Kanzler eine Rakete wert ist. Die können also ihren Bunker bauen und haben tatsächlich ernsthafte Chancen zu überleben. Und damit kriegt der Bunker Sinn. Und jetzt lass uns fahren.«

»Mann, mir ist übel«, sagte Peter. »Das sind doch per-verse Überlegungen und ich hoffe, dass wir gründlich unrecht haben.«

»Aber das erscheint alles logisch«, sagte Georg. »Ich lese in allen Zeitungen, dass die DDR und die Bundes-republik bei einem Krieg in Europa das Schlachtfeld sein werden. Nichts anderes als das Schlachtfeld. Wenn die Bundesrepublik das schon den Supermächten an-bietet, dann muss unsere Regierung doch wenigstens eine Chance bekommen, das zu überleben.«

»Das klingt sehr zynisch«, sagte ich.

Er verteidigte sich. »Das klingt nicht zynisch, die Ver-hältnisse sind so.«

Peter fuhr weiter. »Pass auf«, sagte er. »Wir kommen gleich an eine merkwürdige Stelle bundesdeutscher Au-tobahnen. Du wirst schon sehen, was merkwürdig dar-an ist.«

Ich merkte es nicht, aber er erklärte es mir. »Von hier aus sind es zweitausend Meter bis zur Abfahrt Bonn, Meckenheim/Altenahr. Die Autobahn ist hier sehr breit. Außerdem ist der Straßenbelag hier Beton. Du brauchst es nicht nachzuprüfen, es ist tatsächlich Be-ton. Aber das ist eigentlich nicht das Merkwürdige. In der Mitte siehst du Leitplanken. Die sind blitzschnell herausnehmbar. Rechts und links der Autobahn siehst du überhaupt keine Leitplanken. Ich kenne nirgendwo im Bundesgebiet eine Stelle Autobahn, die so komisch aussieht. Hier ist eine Geschwindigkeitsbegrenzung angezeigt, obwohl die Bahn besonders breit ist. Dann haben die hier rechter Hand den Parkplatz Swisttal angelegt. Schon vor Jahren. Der ist nie freigegeben worden für den Verkehr, der ist immer gesperrt. Und sieh mal, wie komisch der aussieht. Liegen da wie Finger zur Autobahn hin flache Straßenstücke. Wie Rollbahnen von einem Flugparkplatz auf die Startbahn. Du musst zugeben, dass das sonderbar ist.«

»Das mag schon komisch sein, aber wieso soll das in irgendeinem Zusammenhang mit dem Bunker stehen?«

»Die Leute behaupten es«, sagte er. »Und irgendwie ergibt das auch einen Sinn. Wir sind ja nur wenige tausend Meter vom Bunker entfernt. Man muss sich wohl vorstellen, dass alle Leute, die in den Bunker wollen und dazu keine Zeit mehr haben, so nahe wie möglich am Bunker landen wollen. Dann ist das hier der ideale Flugplatz.«

»Dagegen ist doch nichts einzuwenden, wenn der Bunker Sinn hat.«

»Wir haben herausgefunden«, sagte Georg, »dass hier bereits die Autobahn als Flugplatz benutzt wurde. Und zwar während einer Übung. Vor drei oder vier Jahren waren hier NATO-Manöver. Und die Leute aus den umliegenden Ortschaften kamen her, um sich das anzusehen. Hier sind tatsächlich Maschinen gelandet. Die Autobahn war umgebaut. Jetzt werden die deutschen

Autobahnraser von der Autobahn ohne Leitplanken verwirrt.«

»Wenn der Bunker funktionieren soll«, sagte ich, »dann brauchen die Regierenden aus Bonn eine Möglichkeit, ihre Maschinen landen zu lassen. Sie werden, im Ernstfall von überall herkommend, hier wie die Ameisen einfallen. Und dafür braucht man ein Flugfeld. Wenn dieses Flugfeld ein Teil einer von der Allgemeinheit benutzten Autobahn ist und sein kann – umso besser.«

Peter fuhr los. Da standen Hinweise auf die Fernstraßen 565 und 257. Wir fuhren von der Autobahn 61 Köln-Rheinbach ab. Eine karge Landschaft, die an die Eifel gemahnt, dann senkt sich die Straße hinunter in das Ahrtal. »Jetzt wird es romantisch«, sagte Georg. Die Straße drehte sich in Serpentinen nach unten.

»Der Bunker liegt jetzt links unter den Weinbergen«, sagte Peter. »Rechts unten liegt Dernau, also der Ort, an dem der Bunker beginnt, oder endet, ganz wie du das sehen willst.«

Die Terrassen der Weinberge waren im Zuge der Gebietsreform zerstört worden. Wir sahen große Haufen gelber Tortsäcke. »Die bauen die Weinberge neu auf«, sagte Georg. »Bei den Terrassen haben sie wahrscheinlich zu viel Grund und Boden verloren. Das war nicht rentabel. Jetzt machen sie die Weinberge größer und quer zum Hang verläuft jeweils nur noch eine schmale Straße zum Verladen der Reben. Schade, dass die Terrassen verschwinden, aber das wird kein Mensch mehr merken. Irgendwie wirkt sogar die größere Fläche sehr romantisch. Rechts ist ein kleiner, alter jüdischer Friedhof.«

»Komischerweise ist der gepflegt«, sagte Peter. »Wahrscheinlich gehört das hier zur Gemeinde Dernau. Vielleicht liegen Juden aus der Gegend hier, vielleicht leben hier Juden.«

»Vielleicht«, sagte ich. »Soweit ich weiß, hat Hitler die hier alle vergasen lassen. Keiner ist davongekommen. Buchenwald und Mauthausen!»

»Irgendjemand kümmert sich um seine Pflege«, sagte Georg. »Das ist doch wenigstens etwas Tröstliches.«

»Der Hang da links, das ist es. Drunter liegt der Bunker. Die Romantik ist dahin, wenn man weiß, dass der Bunker da ist. Marienthal kannst du noch nicht sehen. Das liegt hinter der Bergnase. Das hier ist Dernau.«

Der breit angelegte Nepp an der Ahr war nicht sofort zu spüren. Die Ortsdurchfahrt war wie die tausend anderer Dörfer auch, die Häuser sahen wohlhabend aus. Dann rollte der Wagen unten an der Ahr auf die Bundesstraße. Wir bogen nach links. Ein Schild besagte, dass die Heilige Messe in Dernau am Sonntagmorgen um 9.15 Uhr gelesen werde. Jetzt hatte alles den Anstrich satter Wohlhabenheit, jedes zweite Haus war eine Kneipe, ein Hotel oder eine Straußwirtschaft. Ich erinnerte mich, dass ein Kollege vom Fernsehen hier an der Ahr erhebliche Schwierigkeiten mit dem Sender bekam, als er den Betrieb zum Wochenende untersuchte, an dem Hunderttausende aus dem Kölner Raum, dem Ruhrgebiet, Holland und Belgien gekommen waren, und dabei eine Aufnahme mitbrachte, in der ein junges, total besoffenes Mädchen aus Dortmund sich auf einen riesigen Parkplatz legte und dauernd schrie: »Ich will gefickt werden. Kostenlos! Wer fickt mich?« Es war sehr schockierend gewesen, und der Kollege hatte darauf bestanden, das zu senden. Ein Chefredakteur hatte ihm gesagt, er solle kündigen, wenn er darauf bestehe. Der Kollege hat nicht mehr darauf bestanden.

Rechts zur Ahr hin war ein Parkplatz, der in keinem Verhältnis zur Größe des Ortes zu stehen schien. Der Dernauer Winzerverein stellte auf einer Tafel fest, dass vom 24. bis 26. September 1983 in Dernau das Winzerfest stattfinde. Jetzt war Winter, touristischer Trubel fand nicht statt, die Dernauer zählten das Geld des Herbstes.

»Es gibt einen tollen Rotwein hier«, sagte Georg. »Ich nehme ein paar Flaschen mit.«

»Da ist ein offener Kiosk«, sagte ich. »Halt doch mal, ich brauche irgendetwas über das Gebiet hier. Was sagen die Fremdenverkehrsvereine? Eine Karte brauchen wir auch.«

»Wir sollten die tausend Meter bis Marienthal weiter fahren«, sagte Peter. »Deine Unterlagen kannst du immer noch kaufen. Sieh dir erst mal den Bunkereingang an. Mehr werden wir von dem Ding sowieso nicht sehen.«

Auf dem Berg jenseits der Ahr stand ein Mast. Funk oder irgendeine andere Antenne.

»Sie müssen ein großes Kommunikationssystem für den Bunker aufgebaut haben, wenn sie sich informieren wollen, was draußen los ist, wenn die Flammenhölle vorbei ist und die Strahlung einsetzt.«

Georg lachte. »Da gibt es eine komische Geschichte. Als wir vor einem Jahr hier waren, um das mal anzusehen, haben wir gedacht, wir würden eine tolle Antennenanlage entdecken und wir rannten hin. Es war die Flutlichtanlage vom Sportplatz Dernau!«

»Das ist Marienthal«, sagte Peter.

Links war ein Kloster. Der Ort bestand fast nur aus Lokalen. Ein winziger Ort. Vielleicht einhundert oder zweihundert Einwohner. Peter bog links ab. Hier stand ein Schild, dass die Durchfahrt verboten sei, Anlieger frei, landwirtschaftlicher Verkehr gestattet.

Links in dem Bau war das Bundesamt für Zivilschutz, Außenstelle Marienthal. »Ist sonderbar«, sagte Georg, »dass man durch diese Außenstelle des Amtes für Zivilschutz so geblufft wird. Tatsächlich verwalten die den Regierungsbunker. Aber für die Zivilbevölkerung ist kein Platz im Bunker. Die armen Schweine kommen da nicht rein. Aber so ein Amt macht sich ja gut.«

»Dahinter ist die staatliche Weinbaudomäne«, sagte Peter. »Und dann kommt schon der Bunker.«

»Hier links sind die Ställe für die Schäferhunde. Ist aber lächerlich!«

»Da sind die Eingänge. Hier rechts und da drüben achtzig Meter weiter der Bunkerstrang nach Dernau hinüber. Ich parke da.«

»Mach keinen Quatsch«, sagte Georg. »Das ist doch ein Betriebsparkplatz.«

»Park da«, sagte ich schnell. »Hier steht weiß Gott nirgendwo, dass wir hier nicht parken dürfen. Und nun mal mit der Ruhe.«

Ich muss versuchen, den Tag in Abschnitte zu teilen. Es ist so viel geschehen an diesem 7. Dezember.

* * *

Der Parkplatz, auf den Peter fuhr, war dicht besetzt mit Wagen, die vornehmlich das Kennzeichen AW trugen, also das des Landkreises Ahrweiler, in dem der Bunker liegt. Es gab aber auch Wagen mit den Kennzeichen BN und K. Auch eine Reihe gelber Wagen der Bundespost standen da.

Ich sah ein lächerlich wirkendes Schilderhäuschen wie vor einem Kaserneneingang. Noch lächerlicher war, dass ein alter Mann darin stand, der eine dunkelblaue Uniform mit Mütze trug.

Wir gingen direkt zu dem Mann und Georg sagte: »Ich bin gespannt, was jetzt passiert.«

»Guten Tag«, sagte ich in das freundliche Gesicht des alten Mannes. »Wir wollen ein wenig spazieren gehen. Wo kann man das hier?«

Er lächelte und sagte: »Ja, das geht hier überall, aber parken dürfen Sie nicht hier.«

»Warum nicht?«

»Das ist Sicherheitsgebiet.«

»Was ist, bitte, Sicherheitsgebiet?«

Da wurde er verlegen und sagte: »Ja, hier ist der Bunker ...

»Ist das etwa der Bunker der Bundesregierung?«

»Ja, sicher doch«, sagte er. »Sind Sie fremd hier?«

»Wir wollten hier im Tal nur ein bisschen spazieren gehen. Da steht aber nichts, dass das hier Sicherheitsgebiet ist.«

»Ja, hier auf der schmalen Straße dürfen Sie auch gehen, das ist schließlich der Rotwein-Wanderweg. Aber parken dürfen Sie nicht hier. Wenn Sie hier parken, muss ich runterfunken und Bescheid sagen.« Es war ihm klar, dass er diese Situation nicht so einfach erklären konnte und er kam sich selbst sehr lächerlich vor. Er wurde rot wie ein Schuljunge.

»Sie brauchen nicht runterfunken«, sagte ich. »Wohin funken Sie denn?«

»Na ja, ins Amt für Zivilschutz«, sagte er. »Muss ich tun, wenn jemand auf dem Platz vor dem Bunkereingang parkt, der nicht hierher gehört.«

»Können wir den irgendwo anders hier parken und spazieren gehen?«

»Na sicher«, sagte der alte Mann. »Ich hab ja auch keine Lust runterzufunken. Wenn Sie hundert Meter weiterfahren, gibt es Parkplätze genug. Da können Sie spazieren gehen.«

»Das darf nicht wahr sein«, murmelte Peter.

Wir setzten uns in den Wagen und fuhren einhundert Meter weiter. Dort öffnete sich das schmale Tal zu einem kleinen Kessel. Rechts ging ein kleines Tal ab. Auch dort ein Betonklotz, der irgendeinen Eingang zu dem Bunker markierte. Wir stellten den Wagen neben der schmalen Talstraße ab und noch ehe wir begonnen hatten, uns umzusehen, kam der erste Streifenwagen der Bundesgrenzschutztruppe vorbei, die hier als Wachmannschaft Dienst tat. Es konnte allerdings auch ein Wagen der privaten Bewachungsmannschaft sein, die außerdem angeheuert worden war. Zu ihnen gehören sehr viele alte Männer, wie der aus dem Schilderhäuschen, der uns verboten hatte, vor dem Bunkereingang zu parken. Es war ein Mercedes-Geländewagen. Sie strichen langsam an uns vorbei und sahen uns aufmerksam an.

„Du wirst hier keinen Tag recherchieren können, ohne einen Verweis zu ernten«, sagte Peter.

»Das glaube ich nicht. Ich denke, sie lassen mich in Ruhe, wenn ich nicht ständig vor dem Bunkereingang herumlungere. Und dort erfahre ich ohnehin nichts.«

»Ist das eigentlich die Wach- und Schließgesellschaft die da Dienst schiebt?«, fragte Georg.

»Ich weiß es nicht. Wir werden das alles herausfinden.«

Peter sagte: »Wenn wir nach oben in den Weinberg gehen, haben wir den Haupteingang genau vor uns.«

Wir nahmen einen breiten, bequemen Weg in die Weinberge, der sich in einer weiten Schleife um den Berg wand. Weiter hinten im Tal sahen wir Wasserbecken. Das sah so aus wie eine Karpfen- oder Forellenzucht. Ein »liebliches Tal«.

»Was machst du eigentlich, wenn jemand vom Geheimdienst kommt und dich wegschickt und dir sagt, dass du verhaftet wirst, wenn du den Bunker recherchierst?«, fragte Peter.

»Das werden sie nicht tun«, sagte ich. »Außerdem bin ich ja nicht an jeder Schraube interessiert. Ich will wissen, wie geheim das Ding ist und wie viel die Leute in dieser Gegend zu wissen glauben, was sie fühlen, wenn sie an den Stahlbetonklotz denken. Die Anzahl der Lokusse da unten interessiert mich nicht, und mich interessiert auch nicht, was für Computer von welcher Firma sie benutzen. Wenn es mir jemand sagt, gut, wenn es mir niemand sagt, auch gut. Ich will diese Dinge nicht wissen, ich bin ein schlechter Spion. Sie werden mich nicht wegschicken, sie werden mir wohl auch nicht drohen.

Sie werden mir freundlich sagen, dass ich dem Vaterland einen Dienst erweise, wenn ich schweige und abreise.«

Dann standen wir hoch über dem sogenannten Haupteingang des Bunkers. Wir sahen einen riesigen Betonklotz, der aus dem Berg zu quellen schien. Sie hatten ihn graugrün gestrichen, das wirkte klinisch sauber und abstoßend. Es gab normale Stahltüren und große Tore, in die Lastwagen jeder Größe einfahren konnten. Der alte Mann unten am Schilderhäuschen war zu sehen. Ich winkte ihm zu, und er winkte zurück. Rechts von dem alten Mann konnte man die Ställe der Schäferhunde sehen.

Schäferhunde scheinen bei sehr geheimen Projekten eine große Rolle zu spielen, Schäferhunde findet man überall auf der Welt. Und wenn etwas höchst geheim zu sein hat, dann müssen die Hunde nach Möglichkeit direkt aus Deutschland importiert werden. Echte Geheimnis-Schäferhunde. Es gab auch blaue Wagen des Technischen Hilfswerkes da unten. Aus den Weinbergen heraus sah das so friedlich aus wie eine Spielzeugkiste.

»Eigentlich kann dieses schmale Tal doch kein Grund sein, dass der Bunker in zwei Stränge geschnitten ist«, sagte Georg. »Das scheint mir irgendwie unsinnig zu sein. Ich meine, unter dem Talboden werden die beiden Bunkerstränge doch verbunden sein.«

»Das kommt darauf an, wie viel Geschosse der Bunker hat und wie tief er in der Erde liegt«, sagte Peter. »Irgendwie wirkt der grüne Betonklotz bedrohlich und dieser alte Mann in seinem Schilderhäuschen wirkt fast schon wieder belustigend abmildernd. Aber er kann nicht verhindern, dass ich genau weiß, dass von dem ganzen Tal nichts mehr bleibt, wenn hier eine Atomrakete hineinschlägt.«

»Niemand wird eine Rakete hierhin schießen«, sagte Georg. »Das haben wir doch nun lange überlegt. Und es scheint logisch zu sein, dass niemand ein Geschoss, das viele Millionen kostet, auf so einen unwichtigen Punkt lenkt.«

»Mann, ich bekomme hier Angst«, sagte Peter. »Ich bin nicht nervös und eigentlich habe ich auch keinen ersichtlichen Grund, Angst zu haben. Aber ich habe Angst und ich möchte hier weg.«

»Der Bunker macht Angst«, sagte ich. »Mir auch. Mir kommt das vor wie eine Leiche in einer anmutigen Landschaft. Es will mir nicht in den Kopf, dass die hier überleben wollen. In diesem gottverdammten Land hat noch niemand überlebt, der nicht überleben sollte. Zwei Kriege haben das gezeigt und nun bereiten sie sich auf das Überleben in einem dritten Krieg vor. Und das macht Angst, weil es so geplant erscheint.«

Wir gingen wieder den Berg herunter und setzten uns in den Wagen. Wir fuhren das Tal hinauf. Hinter den Wasserbecken hatte ein Imker seine Bienenstöcke aufgebaut. Farbig und sehr friedlich. Und gleich darauf sahen wir links etwas, was uns die Lachtränen in die Augen trieb.

Auch da waren mächtige Betonklötze in die linke Talseite hineingequetscht. Ein weiterer Bunkereingang. Aber offensichtlich einer, der für den Ernstfall galt und jetzt seit dem Bau nicht mehr benutzt wurde. Das Areal war sicherlich nicht größer als der Vorgarten eines Reihenhauses. Es war umzäunt von Maschendraht. Und hinter dem Maschendraht lag in Rollen ganz frischer neuer Stacheldraht, NATO-Stacheldraht. Dort stand, dass man das Gelände nicht betreten dürfe. »Das darf nicht wahr sein«, sagte Peter. Dann fing er an hemmungslos zu lachen. Die schmale Straße führte noch einige hundert Meter weiter, dann endete sie in drei Feldwegen, die von Schildern eingerahmt waren, auf denen stand, dass forstwirtschaftlicher Verkehr erlaubt sei, alles andere aber nicht.

»Die beobachten uns«, sagte Georg.

Es waren zwei PKW, die hinter der Frontscheibe sehr wichtig aussehende Schilder trugen. Die Beifahrer sprachen ganz offensichtlich miteinander. Sie rollten an uns vorbei und starrten uns an, als seien wir etwas Gefährliches.

»Lasst uns abhauen«, sagte Georg. »Wenn wir hier noch lange durch die Gegend kurven, dann verlangen sie unsere Ausweise, und wir können uns hier nie mehr sehen lassen.«

»Hau ab«, sagte auch ich. »Ich muss erst einmal auf der Karte nachsehen, wo wir uns hier überhaupt befinden. Wo Norden ist und wo Süden. Das hier wirkt auf mich wie eine Insel des Schreckens.«

Peter ließ den Wagen ins Tal rollen, und als wir an dem alten Mann im Schilderhäuschen vorbeikamen und freundlich winkten, winkte er zurück.

»Der ist selig, weil er noch einen Job gefunden hat«, sagte Georg. »Der würde nie erzählen, was im Bunker los ist. Der ist wirklich froh, dass er einen Job hat und eine sichere Rente.«

»Falls die Rentenfinanzierung nicht pleitegeht«, sagte Peter. »Sieh mal, da ist die Ruine der Klosterkirche.

Schön anzusehen mit dem Efeu. Aber dieses blöde Amt für Zivilschutz macht alles kaputt.«

»Bunker tut not«, sagte Georg.

Bei der Auffahrt auf die Bundesstraße stand an einer Hausfassade der Spruch: »Wein ist eingefangener Sonnenschein.«

»Wir fahren mal die Ahr hinauf«, sagte Peter. »Da wird jetzt natürlich nichts los sein.«

»Fahr rauf«, sagte ich. »Ich muss endlich wissen, wie das Umfeld aussieht. Der Bunker hat in fünfhundert Metern Entfernung noch Seiteneingänge und zusätzlich Eingänge, die wahrscheinlich nur im Ernstfall eine Rolle spielen. Das heißt doch, dass er nicht nur schmal und lang gestreckt zwischen Dernau und Bad Neuenahr liegt, sondern auch ziemlich breit gefächert ist. Wenn ihr gehört habt, dass dreitausend Leute reingehen sollen, so fange ich allmählich an zu zweifeln. Das müssen mehr Menschen sein, die da überwintern werden. Wie viel Funkmasten stehen über dem Haupteingang?«

»Sechs«, sagte Georg. »Sie stehen hoch oben auf dem Berg, ungefähr einhundert bis einhundertfünfzig Meter über dem Haupteingang. Aber auf der anderen Seite der Ahr liegt auch noch eine Riesenantenne. Es ist ja wohl anzunehmen, dass die auch zum Bunker gehört. Außerdem können die sich doch auch sehr leicht unter der Ahr hindurch gebuddelt haben.«

»Das ist alles technisch machbar«, sagte ich. »Aber es ist nicht so wichtig. Ich möchte wissen, wer einen Persilschein fürs Überleben hat.«

»Da gibt es bestimmt Überlebens-Erlaubnis-Scheine«, sagte Peter. »Wir werden keinen bekommen.«

* * *

Die Ahr war in diesen Tagen ein schmaler, unauffälliger Fluss und sie hatte hauchdünne Eisschollen an den Ufern. Es war sehr kalt geworden, auf den Straßen war kein Mensch. Hier, wo sich im Sommer und Herbst Touristen zu Hunderttausenden einfinden, um Ahrromantik und Wein in sich hineinzuschlürfen, war die Zeit gläsern und tot. Die Autofahrer, die uns begegneten, schienen hier zu Hause zu sein, sie fuhren schnell und ungestüm, als ging es darum, einen ausgedörrten Landstrich möglichst hastig zu durchqueren. Die meisten Kneipen hatten geschlossen. Eine Hausfrau, die mit ihrem Korb einkaufen ging, reichte aus, um unsere Aufmerksamkeit zu erregen.

»Was machen die Menschen hier jetzt?«

»Sie ruhen aus«, sagte Peter. »Im Sommer und Herbst ist hier sehr viel los, und niemand hat einen Tag Ruhe. Wenn die Touristen dann ausbleiben, atmen die Leute an der Ahr auf und fangen zu schlafen an, oder zu gammeln. Oder sie hocken träge in ihren Stammkneipen und reden Belangloses. Wenn sie gute Geschäfte gemacht haben, und sie haben gute Geschäfte gemacht, dann ist es Zeit, mit ihnen über den Bunker zu sprechen. Sie werden wahrscheinlich sprechen.« Rechts am Hang in den Weinterrassen stand »Recher Blume«, wir fuhren in Richtung Altenahr.

Die Orte hießen in der Reihenfolge Rech, Mayschoß, Laach und Reimerzhoven. Folgte Altenahr. Das Tal wurde schmaler, die Straße hatte Mühe, Platz zu finden, alles wurde noch romantischer. Es gab bizarre Felsenformationen und immer wieder »Kellerbesichtigung mit Probe«, das berühmte Hotel »Lochmühle« – alles atmete zeitweilig stillgelegten Nepp aus. Georg und Peter versicherten mir, dass die Menschen hier herzlich und gastfreundlich seien und zuweilen sehr erstaunt darüber, dass ihr Fluss und ihre Dörfer eine so große Anziehungskraft auf die Menschen aus allen Ländern ausüben.

»Die Leute hier waren früher sehr arm«, sagte Peter. »Und eigentlich gibt es so was wie Tourismus erst seit der Zeit zwischen dem Ersten und dem Zweiten Weltkrieg. Damals nannten die Menschen das Sommerfrische, und als sie die Sommerfrische am dringendsten nötig hatten, da konnten sie nicht herkommen, weil Krieg war. Die Ahr, die Mosel, die Eifel haben im Krieg eine große Rolle im Bewusstsein der Menschen gespielt. Das waren nämlich Gebiete, in die man flüchten konnte, wo es noch still war und man träumen konnte, der Krieg sei nicht wirklich, der Krieg sei ein Traum.«

»Woher weißt du das alles?«, fragte ich ihn.

»Ich weiß es, weil ich hier einige Leute kenne, die mir das gesagt haben.« Er lächelte. »Ich trinke gern Wein und am liebsten den von der Ahr, den Roten. Die Trauben heißen Portugieser und in den Kneipen steht immer eine Wärmhalteplatte, auf der die Flaschen stehen. Ich kaufe hier meinen Wein, und der Kauf vom Wein ist ein wunderschönes Ritual. Es ist immer das Gleiche. Ich fahre hier vorbei auf meinem Weg von Köln zu mir nach Hause. Ich denke, ich muss wieder Wein einkaufen. Ich komme hierher und probiere bei meinem Leib- und Magenhändler ein paar Schluck. Dann geraten wir ins Schwätzen und ich trinke und probiere immer mehr, obgleich längst feststeht, welchen Wein ich einlade. Und irgendwann gegen neun Uhr abends muss ich die Gudrun anrufen und ihr sagen, dass ich nicht mehr Auto fahren kann. Und sie lächelt und versteht das und sie denkt, dass es für sie auch so sein wird, wenn das Baby da ist und kräht. Und die Frau von meinem Winzer macht mir ein Bett mit vielen tiefen Federkissen und irgendwann längst nach Mitternacht lasse ich mich da reinfallen und den lieben Gott einen guten Mann sein.«

»Du wirst sentimental«, sagte Georg.

»Möglich, aber ich habe nichts dagegen«, sagte Peter. »Ich muss wohl auf irgendeine Weise flüchten vor dem Bunker und seiner Idee, und da flüchte ich mich gern in diese romantische Realität meines Lebens. Ich gehe nicht oft Wein kaufen, aber eigentlich sollte man es jeden Tag tun.«

»Wer ist eigentlich der Hausherr in diesem verdammten Bunker?«, fragte ich. »Das wissen wir nicht«, sagte Georg. »Vermutlich ist es das Bundesamt für Zivilschutz. Aber es kann auch der Bundesinnenminister sein, möglicherweise sogar die Bundeswehr, wenn man an den Ernstfall denkt und daran, weshalb der Bunker überhaupt gebaut worden ist.«

»Und wann ist er gebaut worden?«

»Das wissen wir«, sagte Peter. »Das muss 1961 begonnen worden sein. Uns hat man gesagt, dass sie zehn Jahre daran gebaut haben. Ursprünglich war die Idee des Bunkers wohl eine ganz normale Sache, sofern ein Bunker überhaupt normal sein kann. Dann weitete sie sich aus. Die Gründerväter hatten wohl noch andere Vorstellungen von bewaffneten Konflikten.«

Wir fuhren in Altenahr ein. Ein bizarrer, sicherlich liebenswerter Ort. Das Hotel »Zum Schwarzen Kreuz« ersoff in Kitsch, und sein Besitzer – ich hatte diesen dringenden Verdacht – muss in Kalifornien im Lande der Mickey Mouse gewesen sein. Er hatte das Gebäude pinkfarben streichen lassen, die Holzbalken in einem dunklen Braun. An der Ecke des Gebäudes stand zwei Meter hoch in einer Nische eine Madonna mit Kind. Das Kind hielt eine Rebe. Sekundenlang fragte ich mich, warum Gegner der Regierung bemüht sind, Kasernen zu blockieren. Warum blockieren sie nicht alle Hotels »Zum Schwarzen Kreuz« in diesem Land? Die Madonna lächelte unsagbar dumm.

Wir parkten den Wagen am Bahnhof. Kein Mensch war auf der Straße, aber an der kleinen Ahrbrücke hatte der Wagen mit heißen Würstchen und Kartoffelsalat geöffnet.

»Vielleicht wollen die nicht begreifen, dass die Saison vorbei ist«, sagte Georg. Wir gingen in den Ort hinein und ich kaufte in einem Andenkenladen einige Wanderkarten und Straßenkarten von dem Gebiet.

»Das Café da drüben hat auf«, sagte Georg. »Ich will einen Kaffee und ein Stück Käsekuchen. Es ist jetzt ziemlich trostlos hier. Aber wir haben den romantischen Strich hier in zwanzig Minuten durchfahren. Im Sommer dauert das zwei Stunden, weil man dauernd hinter Autos halten muss, die einen Parkplatz suchen.« Das Café war leer, und die Besitzerin schien erstaunt, dass sie Gäste haben sollte. Wir bestellten Kaffee und

Käsekuchen, und ich fragte die Frau, ob sie etwas wisse von dem Bunker der Regierung in Dernau und Marienthal.

Sie wurde unsicher und bewegte sich mit kleinen Schritten rückwärts, als habe ich sie an ein Tabu erinnert.

»Ich weiß, dass er da ist«, sagte sie. »Aber ich weiß nicht genau, wo er ist. Es wird viel darüber geredet, aber das alles ist sehr verschlossen.« Bei diesen Worten war sie groteskerweise schon vier oder fünf Meter von uns entfernt und verschwand fluchtartig in einer Küche, deren Tür sie sehr schnell verschloss. Wir tranken Kaffee und waren bemüht, nicht über den Bunker zu sprechen. Dann sahen wir uns die Karten an und ich konnte erkennen, wo wir gewesen waren und wie der Bunker in seiner Umgebung lag.

Auf der Wanderkarte 1:25.000 »Das Ahrtal, Rotwein-Wanderweg, Ahruferweg«, herausgegeben vom Eifelverein in Zusammenarbeit mit dem Landkreis Ahrweiler, der Stadt Bad Neuenahr-Ahrweiler, der Verbandsgemeinde Altenahr, war auf der Rückseite der Karte zu lesen: »MARIENTHAL: Geht zurück auf ein ehemaliges Augustinerinnenkloster (1137). 1646 von französischen Truppen niedergebrannt, 1699 völliger Neubau, Rokoko-Pavillon 18. Jahrhundert. Unter Napoleon als Kloster aufgehoben. Seit 1925 Staatliche Weinbaudomäne.«

Unter Gemeinde Dernau stand da:

»Freizeiteinrichtungen: Wanderwegenetz links und rechts der Ahr mit Freizeitzentrum, Krausberg (Aussichtsturm und bewirtschaftete Hütte) Wanderparkplätze, Schutzhütten mit Feuerstellen. 893 erwähnt, zur Herrschaft Staffenburg gehörend, heute Sitz der Vereinigten Ahr-Winzergenossenschaften. Pfarrkirche 1205 erwähnt, heutiger Bau von 1763.«

Auf derselben Karte stand unter DER WEINBAU:

»Die günstigen klimatischen Bedingungen kommen dem Weinbau im Ahrtal zugute. Er trägt auch heute noch trotz veränderter wirtschaftlicher Gegebenheiten wesentlich zur Existenzsicherung der Bevölkerung bei. Die circa 700 Hektar umfassende Rebfläche ergibt in guten Jahren rund 40.000 Hektoliter Most, hiervon 70 Prozent Rotwein (Früh- und Spätburgunder und Portugieser). An der Ahr liegt das größte geschlossene Rotweingebiet Deutschlands. Wer den Ahr-Rotweinwanderweg begeht, erhält einen nachhaltigen Eindruck von dieser vom Winzerfleiß geschaffenen Kulturlandschaft mit ihren zahlreichen Weinbergterrassen. Auf den Verwitterungsböden (Grauwacke und Schiefer) von Ahrweiler mit Bachem und Walporzheim über Marienthal Dernau, Rech und Mayschoß bis Altenahr und Kreuzberg reifen samtige und weiche Spitzenweine. Im Marienthal befindet sich eine Staatliche Weinbaudomäne des Landes Rheinland-Pfalz, in Mayschoß die früheste Winzergenossenschaft der Welt, in Walporzheim ›St. Peter‹, das älteste Weinhaus der Ahr ...«

»Du lieber Gott«, sagte Georg, »wer macht diese grauenhaften nichtssagenden Texte?«

»Und sie haben den Bunker nicht erwähnt«, sagte Peter und grinste. »Stellt euch vor, sie hätten geschrieben: Auf dem Ahr-Rotweinwanderweg kommen Sie am Überlebensbunker der Bundesregierung der Bundesrepublik Deutschland vorbei. Grüßen Sie den alten Rentner im Schilderhäuschen und seien Sie freundlich zu ihm. Beneiden Sie ihn nicht, er darf nicht überleben.«

»Mensch, hör auf«, sagte Georg, »das geht mir auf den Magen. Dies zynische Gerede nutzt uns doch nichts.« Er war ernsthaft erbost, er war böse. Der Bunker machte ihn aggressiv.

»Wen fragen wir zuerst?«, fragte ich.

»Das ist einfach«, sagte Georg«. »Da gibt es einen alten Mann, der ist recht freundlich. Aber er ist in Bonn zu Hause und wir müssen hin. Fragt sich nur, wann wir das machen sollen.«

»Jetzt«, sagte ich. »Jetzt sofort. Der Bunker fängt an, mich zu interessieren und ich bin verwundert, dass noch kein Abgeordneter der Grünen auf dieses merkwürdig nutzlose und wahrscheinlich teure Bauwerk aufmerksam gemacht hat. Die Grünen müssten doch längst drauf gestoßen sein, dass da etwas offensichtlich Perverses in der Erde liegt. Lasst uns sofort nach Bonn fahren.«

* * *

Der Mann in Bonn war ein alter Handwerker, der einmal vor zehn Jahren etwas im Bunker der Bundesregierung gerichtet hatte, sich aber nicht daran erinnern wollte. Zuweilen traf er Leute, die im Bunker arbeiteten, und das machte ihn zu einem guten Informanten. Er wohnte in einem Reihenhaus, hinter dem er sich eine große Werkstatt eingerichtet hatte, um nicht in einen allzu bequemen Trott zu verfallen.

»Ich habe ihn kennengelernt, als ich jemanden suchte, der mir eine seltene Leuchtschrift machen konnte. Der kann so etwas. Er heißt Friedhelm und er ist gewohnt, dass man ihn duzt, weil er das mag.« Peter ließ den Wagen ausrollen. »Hoffentlich ist er da.«

Er stand hinter seinem Häuschen im Hof und kehrte die Reste eines Briketthaufens zusammen. Er wirkte heiter und ernsthaft wie jemand, der genau weiß, wer er ist.

»Tag auch«, sagte er.

»Tag Friedhelm«, sagte Peter. »Hast du ein paar Minuten Zeit für uns?«

»Na sicher«, sagte der alte Mann, der Friedhelm hieß. Er blieb stehen und stützte sich auf seinen Besen. Er bat uns nicht ins Haus, er war ein vorsichtiger Mann. »Wat wollt ihr denn wissen?«

»Vielleicht schreibe ich etwas über den Regierungsbunker«, sagte ich. »Deshalb sind wir hier».

»Wat willste denn drüber schreiben, Jung?«, fragte er lächelnd. »Is doch klar, dat die von der Regierung 'nen Bunker haben müssen. Dat is doch klar.«

»Das ist überhaupt nicht klar, das weißt du doch«, widersprach ich. »Wenn ich so den Bunker überlege, dann frage ich mich, wozu der eigentlich gut ist, wenn der nächste Krieg kommt. Der nächste Krieg wird sehr grauenhaft und wozu gibt es dann den Bunker?« Es hatte wohl keinen Sinn, sich ihm langsam zu nähern. Er lächelte und sagte: »Man kann aber doch eigentlich verstehen, dass die Herren noch etwas länger leben wollen. Das will doch jeder, oder? Na gut, ich nicht. Ich weiß, dass es bald zu Ende ist. Aber wenn man jünger ist, dann ist das doch verständlich.«

»Ich sehe in dem Bunker keinen Sinn. Und teuer war er doch wohl auch.«

»Und wie der teuer ist. Zweihundert Milliarden hat mir einer gesagt, obwohl ich das nicht glaube. Eine Milliarde sind tausend Millionen, nicht wahr? Ja, dann wird es wohl etwas weniger sein. Aber man muss bedenken, dass die Bonner ja zehn Jahre dran gearbeitet haben. Teuer wird es schon gewesen sein.»

»Wie sieht es denn da unten aus?«

Er blinzelte und sagte schnell: »Eigentlich sehr langweilig. Nun ist es ja schon lange her, dass ich da unten war. Nach dem, was ich so höre, sieht es jetzt ja freundlicher aus. Sie hatten in den ersten Jahren ziemliche Schwierigkeiten mit den Neonröhren. Das Neonlicht macht die Leute ja verrückt und blind. Und sie haben Versuche angestellt und ein Licht gefunden, das den Augen nicht schadet, und das nicht verrückt macht. Na ja, das haben die ja auch bezahlen müssen. Aber das sehe ich auch ein, dass die Licht haben müssen, was die Leute nicht verrückt macht.«

»Was hört man denn so in neuester Zeit?«

Er lächelte. »Na ja, mit einigen Handwerkern gibt es Schwierigkeiten. Da haben die vor Jahren Leitungsverkleidungen reingelegt. Garantiert feuersicher, haben die Handwerker gesagt. Aber das Zeug brannte wie Zunder. Jetzt muss es ausgewechselt werden. Und mit den Teppichböden war es wohl zum Teil auch so. Nicht entflammbar, haben die Handwerker gesagt, aber der ganze Bunker fing an zu brennen, wenn mal jemand eine Kippe fallen ließ. Müssen wohl auch ausgewechselt werden oder sind ausgewechselt. Ist ja gefährlich, so Zeugs in einem Bunker zu haben.«

»Sagen Sie mal, oder sag mal, da soll es angeblich einen Stollen nach Bonn geben. Ist das wahr?«

»Na sicher ist das wahr. Das weiß ich genau. Also ursprünglich soll das ein Kanal sein. Irgendwie unbequem für die Leute von der Regierung. Jetzt machen sie sich Gedanken über einen anderen Stollen. Das soll nach dem Rohrpostprinzip laufen. Also Unterdruck. Da sind dann wartungsfreie Fahrzeuge drin, die immer funktionieren. Ist ja sicher das Prinzip. Jetzt gibt es den Kanal, aber ich weiß nicht, wie gut der funktioniert. Es wäre ja auch ein Witz, wenn es keine Verbindung nach Bonn gäbe. Dann wäre der Bunker ja umsonst, wenn die hohen Herren mal ganz schnell in Deckung müssen.« Er grinste vergnügt. Er war einer der Informanten, die ihr Wissen langsam abgeben, jeden Tag ein wenig, jeden Tag ein wenig mehr. »Und was ist jetzt noch im Gespräch?«

»Na ja, die Fluchtwege im Bunker. Rauf und runter und nach allen Himmelswegen. Müssen unheimlich viele sein. Ich kenne da einen Mann, der die betreut. Der sagt, dass er viel damit zu tun hat in der letzten Zeit. Müssen ziemlich viele sein, ich weiß nicht, ob die da unten so viele Fluchtwege brauchen, aber muss wohl.« Er murmelte etwas, was ich nicht verstand.

»Na schön. Dürfen wir denn einmal wiederkommen?«

»Na sicher. Kommt ruhig wieder. Ihr wisst ja, wo ich bin.«

Es war kalt und ich fror und ich bat Peter, die Heizung aufzudrehen. »Er sagt heute nicht mehr, aber er weiß viel. Er ist einer, der sich nicht zu Aussagen treiben lässt. Lieber wiederkommen. Und jetzt?«

»Ich bin hundemüde«, sagte Georg. »Warum hast du ihn nicht gefragt, ob er jemand kennt, der den Bunker genau beschreiben kann?«

»Das sagt er uns schon, wenn er so weit ist. Gibt es noch andere Leute?«

»Ja«, sagte Peter. »Aber können wir irgendwo etwas essen? Es gibt einen Informanten.«

»Wo wohnt dieser Informant?«

»In der Nähe von Altenahr, in irgendeinem Dorf. Ich weiß, wo es ist, aber ich weiß nicht, wie es heißt. Der Mann hat mit dem Bunker nichts zu tun. Alte Handwerksfamilie. Den muss ich anrufen.«

Wir gingen in eine Kneipe und aßen lustlos Würstchen mit Kartoffelsalat. Ich bemühte mich, jedes Gespräch auf Band zu diktieren. Peter rief den Informanten an und sagte dann, wir könnten jederzeit vorbeikommen. Dann fuhren wir wieder, Georg schlief ein. Es wurde dunkel.

Der Mann wohnte auf einem Bauernhof, eine Frau öffnete uns die Tür und zeigte ein mürrisches, abweisendes Gesicht. Vermutlich wusste sie, um was es ging und sie wollte wohl nicht, dass ihr Mann etwas sagte. »Der ist im Wohnzimmer«, sagte sie und rieb sich mit dem Handrücken über die Nase, ehe sie durch eine Tür verschwand.

Da saß ein Mann unter einer niedrig hängenden Lampe und las in der »Bonner Rundschau«. Er mochte Mitte sechzig sein, hatte weiße feine Haare und ein kluges Gesicht.

»Ich habe Sie doch in der Kneipe getroffen«, sagte er zu Peter.

»Ja. Wir haben uns in einer Kneipe gesehen. Sie haben mir gesagt, wir könnten uns einmal treffen. Es geht um diesen Regierungsbunker.«

Der Mann nickte und seufzte und zeigte ein sehr verwirrtes Gesicht. Dann faltete er langsam die Zeitung zusammen und legte sie neben sich auf die Sitzbank. »Setzt euch und wollt ihr einen Schnaps?«

Er goss einen Klaren ein und sagte: »Also ich hätte mir nicht träumen lassen, dass die jemals hingehen und wieder einen Bunker bauen. Einen Bunker zum Überleben. Der Bunker ist doch für den Arsch.« Er schüttelte betrübt den Kopf. Dann rief er: »Ilse stell den Rotspon warm!« Zu uns sagte er: »Bei einem Rotwein von hier lässt sich die Sache am leichtesten bekakeln. Na, was habt ihr denn bis jetzt herausgekriegt?«

»Ziemlich wenig, eigentlich gar nichts«, sagte Georg. »Wir fangen ja gerade erst an. »Wie denken denn eigentlich die Leute hier in der Gegend von dem Bunker?«

»Die haben sich daran gewöhnt, obwohl ich glaube, dass man sich eigentlich an so was überhaupt nicht gewöhnen kann. Aber der Bunker bringt auch Geld. Und das ist ja dann das Wichtigste.«

Er hieß Otto, war freundlich und offen und es war klar, dass er eine Menge von dem wusste, was ich wissen wollte. Er war kein Erbsenzähler, er würde genau wissen, worauf es eigentlich ankommt. Die Frau kam herein und hatte drei Flaschen Rotwein im Arm. Sie stellte sie auf eine Heizplatte und stöpselte den Stecker der Heizplatte in die Wand. »Zwanzig Minuten warten«, sagte sie. »Und nicht eher trinken, sonst schmeckt es nicht.« Sie hatte das saure Gesicht verloren und wirkte freundlich. Sie ging hinaus und sagte: »Ich gehe rüber zu den Kindern. Das dauert hier ja wohl lange.«

»Das kann schon sein«, antwortete Otto friedlich. »Das ist wohl ein Thema, was lange dauert.«

»Ich habe hier ein kleines Diktiergerät«, sagte ich. »Darf ich mir das manchmal vor den Mund halten und etwas reinsprechen?«

»Na sicher«, sagte er. »Ich weiß nicht, ob ich was weiß, aber natürlich können Sie was diktieren. Was ich weiß und was ich denke, sage ich fast jedem. Fast. Bei Idioten halte ich lieber den Mund. Was wollen Sie denn wissen?«

»Alles, was Sie wissen.«

»Du lieber Himmel«, er stöhnte belustigt. »Dann sitzen wir noch am Heiligen Abend hier. Na ja …«

»Sie haben gesagt, der Bunker gebe keinen Sinn. Was meinen Sie damit?«

»Das ist ganz einfach. Ich habe gehört, dass der Bunker für dreitausend Menschen gebaut wurde. Ich denke, dass diese Zahl nicht stimmt. Das müssen mehr Leute sein, aber davon erzähle ich später. Ich frage mich, wieso die von der Regierung überhaupt überleben wollen. Die haben doch in diesem Ernstfall hinterher niemanden mehr, den sie regieren können. Ist doch egal, ob die hier einen Krieg mit den alten Waffen machen oder einen mit Atomraketen. Hinterher wird überall totes Land sein und kein Mensch wird mehr leben. Oder die paar, die noch leben, leben wie die Tiere. Ich frage mich, ob ich den Zeitungen glauben soll. Was die Wissenschaftler da veröffentlicht haben, ist doch klar: Hinterher vegetieren die Menschen höchstens noch wie Tiere. Und dann frage ich mich doch, wozu das Überleben denn gut ist. Entweder ist der Russe hier oder der Ami. Aber das ist doch egal. Menschen, also ich meine Deutsche, gibt es doch nicht mehr. Und das Land wird einem gehören. Den Russen oder den Amis. Deutschland gibt es dann nicht mehr, das steht fest. Der Bunker ist sinnlos, völlig idiotisch, diese Idee.« Er schlug mit der flachen Hand auf den Tisch und sagte: »Also ich war Soldat im Krieg. Ostfront zuerst, dann Westfront, dann wieder Ostfront. Ich habe die ganze Sauerei mitgemacht. Von Anfang an. Und ich kann nicht sagen, dass ich gierig drauf war, Soldat zu werden. Mein Vater wollte nicht, dass ich Soldat werde. Ich sollte die Winzerei machen und den Hof. Aber ich wurde eingezogen. Und später, als der Krieg immer mehr verloren wurde, da wurde sogar mein Vater noch eingezogen und fiel. Scheiße war das und auch für den Arsch. Ja, ich dachte, mich laust der Affe, als die 1960 die alten Tunnels wieder freimachten und anfingen zu buddeln. Das war ja das Letzte. Jeder von uns, der im Krieg war, weiß doch, dass Bunker wirklich Quatsch sind. Und kaum ist der Krieg fünfzehn Jahre her, da bauen sie schon wieder einen! Ich habe gedacht, dass ich an dieser Welt zweifle. Was nützt denen denn das Überleben, wenn sie aus dem Ding nicht mehr rauskommen?« Er wedelte aufgeregt mit beiden Händen vor dem Gesicht herum. »Das Ding ist doch vollkommen nutzlos. Und jeder, der sich damit beschäftigt, weiß das auch. Aber Übungen ma-

chen sie da drin und wichtig kommen sie sich vor. Fünfzehn Jahre sind seit dem letzten Krieg vergangen und
sie bauen schon wieder einen Führerbunker. Wer denkt
eigentlich bei denen?« Er war sehr aggressiv, und er
machte nicht den geringsten Hehl daraus.

»Sie haben da die alten Tunnels erwähnt. Wie ist es
eigentlich zu dem Bunkerbau gekommen? Können Sie
das einmal erzählen?«

Er nickte. »Ja, ich habe hier mein ganzes Leben verbracht. Ich weiß das genau. Als der Erste Weltkrieg 1918
vorbei war, mussten die Deutschen für die Schweinerei
zahlen. Sie haben ja Gott sei Dank für jede Schweinerei
zahlen müssen. Reparationskosten nannte man das damals, ich weiß nicht, ob Sie das noch wissen. Die Franzosen wollten die Braunkohle im Kölner Raum haben.
Und also musste das Deutsche Reich damals eine Eisen-
bahnstrecke aus diesem Gebiet herauflegen. Die führte
in Höhe Bad Neuenahr an den Fluss heran, bog dann ab
nach Südwesten und wurde in Tunnels unter den Weinbergen durchgeführt. Und zwar von Bad Neuenahr
nach Marienthal und von Marienthal nach Dernau.
Diese Bahn sollte in Rech an die damalige Reichsbahn-
strecke, die an der Ahr entlangführte, angeschlossen
werden. Die Franzosen wollten die Braunkohle in Lothringen haben, wo ja die Schwerindustrie sitzt. Auf jeden Fall gab es also in Höhe Ahrweiler-Marienthal-Der-
nau Eisenbahntunnels. Und diese Dinger wurden im
Dritten Reich dann wiederentdeckt. Und zwar für eine komische Sache. In den Tunnels bauten die nämlich
Montagehallen und montierten da die V1 und die V2.
Es gibt Leute, die sagen, da wäre nur die V2 montiert

worden, aber das ist ja wohl egal. Hitlers Geheimwaffe jedenfalls wurde da fertiggemacht und stand dann in Dernau auf diesem winzigen Bahnhof unter Planen. Daran kann ich mich noch genau erinnern. Jeder wusste natürlich, dass die Werkstätten da waren und jeder wusste auch von diesen Wunderwaffen. Na ja, nach Kriegsende gab es einen Beschluss der Alliierten: Die Tunnels sollten gesprengt werden. Ich erinnere mich noch gut daran. Da kam ein Sergeant der Fremdenlegion, ein Sprengsachverständiger. Der hatte eine Unmasse kleiner grüner Eimer bei sich voll mit Sprengstoff. Nun waren wir Winzer darüber natürlich sauer, denn wir würden bei der Sprengung die über dem Tunnel liegenden Weinberge ja verlieren. Außerdem würde die Erde überall einsacken. Also beknieten damals die Leute diesen Franzosen. Und der ließ sich auch beknien.« Otto lachte und sagte: »Angeblich hat damals eine sehr christliche Frau die Beine sehr breitgemacht, damit der Franzose nicht die Weinberge in die Luft jagte. Heiliggesprochen ist sie noch nicht. Ich treffe sie jeden Tag, wenn ich Frühschoppen mache, sie ist noch immer guter Dinge.« Er lachte mit der guten Erinnerung. »Der Franzose jagte also den Tunnel hoch. Und zwar so, dass möglichst wenig Schäden an den Weinbergen entstand. Und dann gab es Krach, weil eine alliierte Kontrollkommission erschien.

Da war auch ein Russe bei, der sehr wütend war und behauptete, der Stollen sei nicht kaputt genug und müsse noch einmal total gesprengt werden. Aber die Amis und die Franzosen und die Engländer wollten das nicht, weil sie wussten, um was es den Winzern ging. Und der

Tunnel, das habe ich selbst gesehen, war wirklich völlig zerstört. Es wurde nicht mehr gesprengt und die Leute hier vergaßen das Ganze. Aber, ich glaube es war 1955, da ging es schon wieder los. Auf jeden Fall war das zu einem Zeitpunkt, als es die Bundeswehr noch nicht gab. Ich glaube, das war 1955. Wir hatten ja in Bad Neuenahr schon die Bundesschule vom Technischen Hilfswerk. Und da gab es einen Sprengmeister namens Halein, Hans Halein. Der erschien eines Tages hier mit einem Lastwagen, kroch durch den vollkommen verschütteten Tunneleingang und machte irgendwas da drin. Kein Mensch wusste, was. Und dann gab es einen wüsten Knall. Ich erinnere mich genau, dass irgendeiner in der Wirtschaft sagte: ›Jetzt fängt der Halein einen Krieg an!‹ Wir wollten alle wissen, was der da drin trieb. Und eines Tages bin ich morgens zu dem hin und fragte: ›Sagen Sie mal, was machen Sie eigentlich im Tunnel?‹ Er sah mich an und sagte: ›Ich schleppe da Panzerplatten rein und bringe Sprengladungen daran an. Dann jage ich die hoch und mache Untersuchungen, ob die Panzerplatten stark genug sind und wie sie sich verformen.‹ Wie gesagt, damals hatten wir noch keine Bundeswehr, aber alle Leute sprachen schon darüber, dass wir bald eine haben würden. Dann brauchten wir ja auch Panzer und Schiffe. Und der Halein probierte nun aus, wie gut die deutschen Panzerplatten waren. ›Das gibt wohl eine Wiederbewaffnung‹, fragte ich. ›Sieht so aus‹, sagte er. Ich kann mich noch gut daran erinnern, dass ich damals dachte, dass Bonn es verdammt eilig hätte, schon wieder Soldaten zu haben. Nach ein paar Monaten hörte der Halein mit seinen Versuchen auf und kam nicht mehr wieder. Für ein paar Jahre gab es Ruhe. 1960 rückte dann die Firma Thyssen Schachtbau an und auch die Firma Hoch-Tief und sie fingen an, die Tunnels freizulegen. Damals hieß es, da kommt der Bunker für die Bonner Regierung rein. Und nun ist er fertig. Hier gibt es übrigens seit drei Wochen ein Gerücht. Der wievielte ist heute?«

»Der siebte Dezember.«

»Ja, das Gerücht läuft seit drei Wochen. Angeblich liegen hier im Bunker Raketenabschussbasen. Es sind längst vorbereitete Abschussrampen.«

Die Angst in ihm war sehr deutlich, seine Augen waren sehr unruhig, er sah uns der Reihe nach an und schien sagen zu wollen: »Haltet mich nicht für einen ängstlichen Idioten, aber genau das hat man mir erzählt.«

»Das glaube ich nicht«, sagte ich, »das halte ich für ausgeschlossen. Überlegen Sie einmal. Wenn da wirklich der Bunker der Bundesregierung ist, dann können dort keine Raketen starten, dann wäre der Bunker kein Bunker. Dann geht er – wenn das wirklich der Fall sein sollte – beim Abschuss der Raketen in Trümmer.«

»Das habe ich mir auch gesagt«, murmelte er erleichtert. »Aber es gibt eine Menge Leute, die das flüstern. Na ja, ist ja auch egal. Ich denke, ich weiß, woher das kommt. Die Luftschächte, mit denen die die Luft ansaugen oder rauspressen aus dem Bunker, sind nämlich zehn Meter im Durchmesser. Und vielleicht hat irgendein Handwerker geglaubt, das könnten dann auch Raketenrampen sein oder so was. Wissen Sie, bei dem Bunker ist wirklich alles drin.«

»Sie wollen erzählen, wie das nach dem Baubeginn weiterging. Aber ich habe da eine Frage, die mir gerade einfällt und die ich sonst vielleicht vergesse. Gibt es einen Stollen direkt nach Bonn?«

»Ja sicher. Das muss man doch voraussetzen bei dem Ding. Sicher gibt es einen Stollen. Und da drin läuft eine elektrische Bahn nach Bonn. Das hat mir jedenfalls einer erzählt, der es wissen muss.«

»Gibt es überhaupt Geheimnisse um diesen Bunker?«

Er sah mich an und lachte und schüttelte den Kopf. »Nein, eigentlich nicht. Das einzige, was wirklich ein Geheimnis ist, das sind die Listen von den Leuten, die darin unterkommen, wenn es hier scheppert. Aber an diese Listen kommt ja kein Mensch. Und dass der Bundespräsident und der Bundeskanzler und die Minister und Staatssekretäre reinkommen, ist ja klar. Und auch das Notparlament, das uns dann regieren soll. 112 Abgeordnete sind das, glaube ich. Das steht aber im Grundgesetz, so viel ich weiß. Neulich hat einer behauptet, da unten gebe es im Ernstfall sogar einen Puff. Aber das glaube ich nicht, dazu sind diese Leute doch viel zu christlich, oder?« Er begann dröhnend zu lachen und das wirkte ansteckend.

»Wieso keinen Puff?« fragte Georg. »Eigentlich ist das doch nur logisch.«

»Na ja«, sagte Otto, »eine Frau ist da drin schon vergewaltigt worden. Angeblich eine Sekretärin oder Sachbearbeiterin von irgendeinem Minister. Das ist noch gar nicht lange her. In diesem Jahr. Die Frau muss ganz hübsch sein. Um die fünfzig. Ein Matrose der Bundeswehr hat versucht, die zu vergewaltigen. Und dann hat das irgendwie nicht funktioniert. Jedenfalls war große Aufregung am Bunker, weil die Leutchen nicht gewusst haben, ist der Matrose nun noch drin im Bunker? Oder ist er schon draußen? Also das mit dem Puff wird ja wahrscheinlich nicht stimmen, obwohl die da unten eine ganze Stadt mit allem Drum und Dran gebaut haben. Einen Puff können die sich ja wohl nicht leisten.« Er lachte. »Außerdem brauchen die doch gar keinen einzurichten. Die brauchen da unten doch sowieso eine Menge Sekretärinnen und so was. Das regelt sich dann alles von allein. So was regelt sich im Krieg immer von allein. Und später, wenn das denn nötig ist, können sie ja einen regelrechten Puff einrichten mit Mutter und so.« Er schien dieses Thema behaglich zu finden und schlug sich vor Begeisterung auf die Schenkel und sagte laut und mit großem Mund: »Pufffff!« Dann öffnete er eine Flasche Rotwein und goss ein, und ich wechselte das Tonband aus.

Er erzählte weiter. »Also 1960/61 ging das dann los mit dem Bau. Erst wurde von Marienthal in Richtung Bad Neuenahr/Ahrweiler die ARGE Blau aufgemacht, also die Arbeitsgemeinschaft Blau. Wieso die Blau hieß, weiß ich nicht. Die hatten diese Teilstrecke zu erledigen. Die ARGE Max arbeitete die Strecke Marienthal-Dernau aus. Tausende von Leuten waren in den Jahren beschäftigt, und wir hier machten gute Geschäfte, die Wirtschaften und Straußwirtschaften und die Hotels. Das war todsichere Kundschaft, und die Leute hier fingen an, den Bunker regelrecht zu lieben. Besonders die Handwerker. Also alle Handwerksbetriebe, die man sich überhaupt vorstellen kann. Die konnten den freien Markt aufgeben, weil sie beim Bund beschäftigt wurden. Soweit ich weiß, wurden die damals alle irgendwie vereidigt. Oder sie bekamen Verträge, in denen drinstand, dass sie nichts sagen dürfen. Was da so im Bunker ist und so. Wenn ich heute jemand frage, was da los ist und wie das da unten aussieht, sagt er: ›Darf ich nicht sagen, bin vereidigt.‹ Für die Handwerker ist das ein todsicherer Job, denn der Bunker verlangt Dienst rund um die Uhr. In drei Schichten zu je acht Stunden arbeiten die. Ich schätze, dass im Ernstfall immer der Handwerker, der sowieso gerade Dienst hat, im Bunker bleiben darf. Auf jeden Fall verdienen die sicheres und gutes Geld und können niemals auf dem freien Markt pleitegehen. Wenn ich dann wirklich was wissen will, dann lade ich die hierher ein und wir reden über den Bunker und sie sind froh, wenn sie mal was loswerden können. Nein, nein, Geheimnisse gibt es da nicht.«

»Haben die Leute von den Arbeitsgemeinschaften damals eigentlich gesagt, wie viel Kilometer Stollen sie anlegen?«, fragte ich.

»Aber sicher«, sagte er. »Ich habe damals gefragt, weil mich das interessierte. Und die Ingenieure, die auch zu mir zum Weinkaufen und Trinken kamen, haben gesagt, dass jede Arbeitsgemeinschaft, also die ARGE Blau und die ARGE Max, fünfzehn Kilometer Stollen bauen. Das wären dann zusammen dreißig Kilometer Stollenlänge. Das ist dann eben eine komplette Stadt. Und deshalb glaube ich das auch nicht mit der Besatzung von 3.000 Mann. Das müssen mehr sein, aber das bekommt ihr sicher noch raus. Eigentlich ist es ja egal.

Aber da fällt mir ein, dass den Leuten im Bunker ein anderer Bunker zur Verfügung steht. Der ist in Staffel. Also wenn ihr die Ahr rauffahrt nach Kesseling und von da aus nach Staffel, dann müsst ihr auf einen Bunker stoßen, der der Bundespost gehört. Also die Bundespost ist jedenfalls der Besitzer. Und die haben da oben alles. Also Funk und Fernsehen und Kabelfernsehen und Telefon und so weiter. Die haben den Regierungsbunker mit Nachrichten zu versorgen. Das untersteht alles der NATO sagen die Leute. Nach Staffel fährst du mit dem Auto, wenn du ganz schnell bist, mindestens eine halbe Stunde, weil du die ganzen Ahrkurven ausfahren musst. Tatsächlich ist Staffel aber nur rund dreitausend Meter weg. Und die sollten von dem Postbunker aus jede Menge Kabel hierher in den Bunker gelegt haben. Das soll so sein, damit der Bundeskanzler auch mit dem amerikanischen Präsidenten sprechen kann, wenn der im Ernstfall mit seinem Flugzeug irgendwo um die Erde fliegt. Es gibt aber auch Leute, die steif und fest behaupten, dass es einen Stollen vom Regierungsbunker in den Postbunker bei Staffel gibt. Aber das ist ja auch egal. Tatsache ist, dass die beiden Bunker zusammenhängen. Die Leute sagen, dass der Postbunker in Staffel die Kommandozentrale ist. 1967, bei dieser NATO-Übung Fallex 67, war das halbe Parlament im Bunker. Und da ist jede Menge gesoffen worden, und ein paar Leute haben durchgedreht. Aber das passiert natürlich dauernd. Die Offiziere, die vom Heer und von der Luftwaffe und von der Marine abkommandiert werden, um den Bunker zu befehligen, die halten das immer nur sechs Wochen durch, dann sind sie kaputt. Trotzdem drehen immer noch einige durch. Hinterher gibt es für alle vierzehn Tage Sonderurlaub. Ich möchte wissen, wie das die Regierung sich so vorstellt, wenn die mal ein oder zwei Jahre da drin bleiben müssen und absolut nicht rauskönnen. Die Bevölkerung hier jedenfalls sagt: ›Das Loch ist nicht für uns! und damit hat es sich.‹ Und wir haben Angst, dass die in Bonn im Ernstfall alle hier evakuieren. Irgendetwas steht bestimmt in den Notstandsgesetzen, dass das möglich ist. Aber dann ist es mir auch egal. Von uns kommt da kein Mensch rein.«

»Macht Sie das nicht stinkwütend? Haben Sie Angst vor dem Bunker?«

»Also stinkwütend macht mich das nicht. Die hohen Herren, das haben wir auch im Krieg gesehen, die sorgen immer dafür, dass sie noch ein letztes Schlupfloch haben. Aber mit der Angst, da könnten Sie recht haben. Angst haben wir alle hier. Das ist ja auch verständlich, denn die hohen Herren im Bundestag reden immer nur vom Frieden und hier bauen sie sich einen Bunker hin. Also müssen sie doch denken, dass ein Krieg jederzeit kommen kann. Und dann knallt es hier. Wenn man die Zeitung liest, muss man sagen, ein Krieg kann kommen. Jederzeit!«

»Hat eigentlich der Bund beim Bunkerbau Land oder Weinberge gekauft?«

»Aber ja. Damals kamen Leute aus Bonn und boten pro Rebstock einen Betrag von zwölf Mark. Ich war ja nicht betroffen, aber ich weiß, dass die Winzer nicht mit dem Preis einverstanden waren. Sie wollten mehr. Aber die Bonner sagten: zwölf Mark und damit hat sich's.

Die Winzer konnten ja nichts machen, weil die Regierung sich den Bunker bauen wollte, und falls die Winzer nicht verkauften, das sagten diese Bonner Herren sehr genau, dann würden sie enteignet. Also haben sie genommen, was sie kriegten.«

»Wir wissen ja noch nicht genau, wie viel Leute in den Bunker gehen, weiß man denn hier in der Gegend, wie lange diese Leute überhaupt im Bunker bleiben können?«

»Ja, das wissen wir alle.« Er lachte wieder und glückste: »Also deswegen kann das mit der Geheimniskrämerei schon gar nicht funktionieren. Die verkaufen nämlich so ziemlich genau alle anderthalb Jahre die Vorräte aus dem Bunker. Die haben wirklich alles da unten. Also die Vorräte vom Reis bis zum gekochten Schinken, die werden gegen billiges Geld verkauft. Das kann man ja auch verstehen. Normalerweise wird das Zeug nur an die Wachmannschaft und an die Beschäftigten vom Bunker verkauft. Die wissen natürlich nicht, was sie mit den ganzen Fressalien anfangen sollen, kaufen aber immer das Doppelte und Dreifache von dem, was sie wirklich gebrauchen können. Den Rest verscherbeln sie an uns, an jeden eben, der das Zeug haben will. Ich nehme meistens gekochten Schinken und so was, weil ich das gut an meine Kinder weitergeben kann, oder auch weiter verwende in meiner Straußwirtschaft. Ich mag ja den gekochten Schinken nicht. Lappiges Zeugs. Aber die Touristen fressen das liebend gern. Natürlich darf man denen nicht sagen, dass sie die Notration vom Bundeskanzler essen. Denen würde ja der Bissen im Hals stecken bleiben.« Er lachte wieder erheitert und rieb sich den Bauch. Dann: »Nein, im Ernst. Egal, wie viel Leute reingehen, die können bis zu zwei Jahren unten bleiben, ohne jemals das Tageslicht zu sehen. Wie lange bleibt eigentlich die Strahlung in der Luft?«

»Das kommt darauf an, wie intensiv sie ist. Nach zwei Jahren können die auf jeden Fall den Bunker verlassen. Probeweise.«

Er sah mich verschmitzt an und sagte: »Und wohin sollen sie dann?«

»Irgendwo wird es einen nächsten Bunker geben. Vielleicht machen die Tagesausflüge zum nächsten Bunker nach Düsseldorf, oder was weiß ich.«

»Red' keinen Scheiß!«, sagte er heftig. »Mit so was treibt man doch keine Scherze.« Er atmete heftig durch die Nase ein und sagte: »Vielleicht bleibt uns gar nichts anderes übrig, als damit Scherze zu treiben. Wir dürfen ja doch nicht im Bunker überleben, wir gehen drauf. Mir ist das egal, aber für meinen Enkel hätte ich gern einen Bunkerplatz. Wenn ich das so sage mit dem Bunkerplatz: Im Krieg habe ich mal Urlaub gehabt. Und da war ich in Köln. Es kam ein Bombenangriff und ich musste mich um einen Platz in einem Bunker bemühen. Ich bin drin fast verrückt geworden. Ich war froh, als ich wieder draußen war. Damals habe ich mir gesagt: Nie wieder in einen Bunker!«

»Was kann man denn da noch so kaufen, außer gekochten Schinken und Reis?«

»Alles. Butter natürlich. Und Nudeln. Na ja, eben alles, was man in einem Lebensmittelladen kaufen kann.«

»Sind das besonders eingepackte Waren?«

Er lachte schallend. »Da steht nicht drauf: Deutsche Markenbutter für den Bundeskanzler. Das sind alles normale Lebensmittelpakete.«

»Aber Sie sagen, dass Sie irgendwann mit dem Bunker zu leben begonnen haben, als wäre der so ein Teil dieser Landschaft. Also irgendetwas ganz Normales. Ist das so?«

»Ja. Ich kann mir nicht von morgens bis abends Gedanken darüber machen, was der Bunker bedeutet. Man lebt mit dem und man lebt auch mit den Leuten, die darin arbeiten. Irgendwie sind das normale Nachbarn und Bekannte oder auch Freunde.«

»Dann ist aber doch zu vermuten, dass Sie sehr viele Einzelheiten über den Bunker, die man Ihnen erzählt hat, im Laufe der Jahre vergessen haben.«

»Ja, das wird wohl so sein. Was wollen Sie denn wissen?«

»Mich interessiert eins ganz besonders und ich komme immer wieder darauf zurück: Gibt es einen Stollen nach Bonn? Verstehen Sie mich nicht falsch: Technische Einzelheiten interessieren mich nicht, aber ich will an diesem Bonner Stollen erklären, was für ein Umfang so ein Bau hat. Gibt es in Ihrer Erinnerung irgendeinen Menschen, der einwandfrei sagen kann, dass es eine Verbindung nach Marienthal-Bonn gibt?«

Da wurde er sehr ernst. Die Plauderei war vorbei. Er trank einen Schluck Wein. Dann sagte er: »Es ist sicher, dass eine Verbindung besteht. Da gab es einen Schachtmeister, den ich sehr gut kannte. Und bei einer Tour nach Hamburg habe ich ihn besucht. Er ist ein stiller, ruhiger Mann und weiß genau, was er sagt. Er sagte mir damals, dass er mir die Stelle in Bonn zeigen kann, wo er sich damals aus dem Boden herausgewühlt hat. Natürlich hat er mir die Stelle nicht gezeigt, ich wollte das ja auch nie wissen. Er hat eben gesagt, dass die im Verteidigungsministerium auf der Hardthöhe eine Einstiegsluke haben. Und mehr braucht man ja nicht. Denn der Bunker ist ohne Stollen nach Bonn nicht denkbar. Das ist genau so, als hätte ich was seit fünf Jahren mit einer Frau und würde behaupten, ich hätte nie mit ihr im Bett gelegen. So was gibt es doch nicht!«

»Ich habe noch eine Frage. Was passiert mit den Leichen im Bunker? Ich meine, da werden Leute schlicht an Altersschwäche sterben.«

»Das wollten wir auch immer wissen«, sagte er nachdenklich. »Die haben das ganz gut geregelt. Die Leichen werden in Säuren aufgelöst und fließen dann in die Kläranlage nach Sinzig. Das liegt hinter Bad Neuenahr am Rhein.«

* * *

Wir gingen wenig später, weil Otto sehr erschöpft war. Er bot mir an, ihn jederzeit zu besuchen. »Wenn ich nicht hier bin, bin ich in der Wirtschaft«, sagte er. »Du musst mich eben suchen. Aber abends bin ich meistens hier. Sonst weiß meine Frau, wo ich bin.

»Fahr schnell nach Hause«, sagte ich zu Peter. »Ich muss ins Hotel.«

Wir sprachen unterwegs kein Wort, und vor Peters Haus stieg ich nur um in meinen Wagen und fuhr direkt nach Bad Breisig in mein Hotel. Es war elf Uhr. Die

Nacht war sehr dunkel. Der Nässefilm auf den Straßen gefror zu Eis, ich musste langsam fahren. Einmal rutschte ich, weil ich träumte, und weil mich dieser Bunker aufregte. Ich arbeitete bis sechs Uhr morgens, um alles peinlich genau aufzuschreiben. Dann konnte ich nicht schlafen. Ich war gefangen von diesem Bauwerk, und ich fand es geschmacklos, dass die Bundesregierung sich einen Bunker in einem alten Tunnel baute, den die Machthaber des Dritten Reiches benutzt hatten, sich ihre Wunderwaffen startklar zu machen. Irgendwann gegen sieben Uhr schlief ich ein und wachte um elf Uhr auf. Ich musste so schnell wie möglich zurück nach Dernau und zurück nach Marienthal und zurück in das kleine Dorf von Otto. Ich war sicher, dass Otto sich auch an andere Dinge in Zusammenhang mit dem Bunker erinnern würde.

Der 8. Dezember 1983

Als ich zu Peters altem Bauernhof kam, machte mir niemand auf. Erst als ich fast fünf Minuten gewartet hatte, kam Gudrun heraus und sagte: »Du bist es! Die schlafen noch, die waren völlig erschossen. Peter hat gesagt, dass er solche Tage nicht oft durchhält. Ihr seid wohl vierzehn Stunden unterwegs gewesen und dauernd habt ihr mit Leuten gesprochen. Peter und Georg haben mir erzählt, aber sie haben etwas durcheinander erzählt. Jedenfalls lief es darauf hinaus, dass der erste Tag ziemlich viel Erkenntnisse gebracht hat, oder?«

»Ja, das ist es so ungefähr. Ziemlich aufregend, dieser Bunker. Glaubst du, dass du mir trotz des drängenden Babys einen Kaffee machen kannst? Dann kann ich mich noch etwas wach machen und dann weiterfahren. Ich will wieder zum Bunker.«

»Wie lange hast du geschlafen?«

»Nur ein paar Stunden, aber das reicht. Boxt dich das Baby?«

»Na und wie. Setz dich auf das Sofa, das ist am bequemsten. Ich koche schnell Kaffee. Willst du noch etwas essen?«

»Nein, danke. Wann wird das Kind kommen?«

»Mitte bis Ende Januar. Ganz können sich die Gelehrten nicht einig werden. Ich habe das Gefühl, es kommt jeden Tag ein paarmal. Glaubst du, dass es ein Buch wird?«

»Ich denke schon …«

Sie machte mir einen Kaffee und wir sprachen über das Kind und davon, dass Peter ein wenig Angst vor dem Kind habe.

Ich fuhr gegen 12 Uhr ab und benutzte die gleiche Strecke, wie sie Peter am Vortag gefahren war. Das Wetter war etwas freundlicher, zuweilen kam die Sonne heraus.

Ich parkte in Dernau auf dem großen Parkplatz und ging durch das Dorf. Die Menschen achteten auf mich, aber ihre Aufmerksamkeit war beiläufig. Dann fuhr ich weiter nach Marienthal. Dort war niemand auf der Straße, ich ging in ein Restaurant und trank eine Limonade. Ich fragte die Wirtin, ob sie eine Ahnung habe, wer mir eine Auskunft über den Regierungsbunker geben könne. Als sie antwortete: »Nein, da weiß ich wirklich keinen Menschen«, ging ich wieder. Die Wirtin brauchte nur ein paar hundert Meter zu laufen, um im Bunker zu sein und ihre Antwort wirkte sehr lächerlich.

Otto war zu Hause. Er saß in einer Werkstatt und reparierte etwas, das so aussah wie ein Teil eines Motors. Er ließ die Brille ganz vorn auf die Nase rutschen und sagte: »Junger Mann! Es ist gut, dass du wieder vorbeikommst. Lass uns ins Wohnzimmer gehen.«

Wir gingen also in das Wohnzimmer und er entkorkte eine Flasche Rotwein. »Nicht für mich«, sagte ich.

»Ich brauche einen«, sagte er. Dann sah er mich an und fragte: »Hast du sonst noch was rausgekriegt?«

»Nein, ich muss mich diesem Bunker langsam nähern. Je mehr ich weiß, desto irrsinniger kommt er mir vor.«

»Gleich wirst du springen«, sagte Otto. Dann nahm er die blaue Kappe, die er auf dem Kopf trug ab und legte sie auf den Tisch, er trank sehr behutsam einen Schluck und sagte: »Du trinkst wohl nichts, damit dir nichts entgeht?«

»Ja, so ungefähr.«

Er nickte. »Pass auf«, sagte er. »Hier im Eisenbahntunnel, also im Führerbunker, oder wie du das Ding auch immer nennen willst – das war ein KZ im Krieg. Die haben ihren Regierungsbunker auf ein KZ gesetzt.« Er trank wieder sehr behutsam einen kleinen Schluck und fragte dann: »Hast du das erwartet?«

»Nein«, sagte ich. »Bist du sicher, dass du mir keinen Mist erzählst? Mach keinen Blödsinn damit, ich verstehe überhaupt nicht, … rede keinen Stuss …«

»Junge«, sagte er. »Es ist wirklich wahr.«

»Warum hast du das gestern nicht gesagt?«

»Weil ich noch nicht so weit war, das zu sagen.«

So einfach war das, er war noch nicht so weit gewesen. »Und wo war das KZ?«

»Na ja, auf der Freilichtbühne.« Er starrte aus dem Fenster.

»Auf der Freilichtbühne? Aber so was gibt es da doch gar nicht.«

»Doch, doch, das gibt es da. Natürlich kein wirkliches Freilichttheater. Ich nenne das so. Es ist wohl am besten, wenn ich dir das zeige, ehe wir drüber reden. Du wärst ja doch darauf gekommen, habe ich gedacht. Aber ich zeige dir das jetzt. Und ich werde dir auch erzählen, wie ich darauf gekommen bin. Aber lass uns erst mal dahin fahren. Und damit mich keiner mit dir sieht, fahre ich in meinem Wagen vor dir her. Wir fahren durch Dernau hindurch die Weinberge hoch. Da können wir reden und aussteigen.«

Ich hatte das dringende Verlangen, Peter und Georg anzurufen und zu sagen, dass etwas geschehen sei, was ich nicht gewollt habe. Ich wollte Zeugen.

Er fuhr sehr langsam vor mir her. Und ich drehte das Radio laut auf, um mich irgendwie abzulenken. Aber das funktionierte nicht. Wir kamen nach einigen Kilometern auf der Straße an der Ahr in Dernau herein und Otto bog im Ort nach links ab auf die Weinberge zu. Er fuhr langsam und ich konnte erkennen, dass er von Zeit zu Zeit irgendjemanden auf der Straße grüßte. Er machte wirklich den Eindruck, als wolle er nach seinen Rebstöcken schauen. Es ging sehr steil hinauf, und an einer Ausweichmöglichkeit hielt er an und kam zu meinem Wagen. »Dreh die Karre mal rum«, sagte er. »Stell sie mit der Schnauze nach Dernau, und ich werde dir erklären, wie das war.«

Ich drehte meinen Wagen und stellte mich so, dass wir Dernau vor uns hatten. Es war ein sehr friedliches Bild.

»Pass auf«, sagte er. »Links siehst du das Ende vom Bunker. Also die Stelle, wo der Tunnel, der alte Eisenbahntunnel endete. Und an der Tunnelmündung siehst du den Damm. Kannst du ihn erkennen? Also gut. Das

Ding heißt bei uns so, weil es vom Dorf aus eben wie ein Damm aussieht. Darauf lagen die Schienen der Kohlen-Eisenbahnlinie. Und unmittelbar vor der Tunnelmündung lag auf dem Damm das KZ.«

»Das darf doch gar nicht wahr sein. Die Bonner können ihren Bunker doch nicht auf ein KZ bauen. Wer weiß von dem KZ?«

»Jeder hier eigentlich. Aber wenn du in Dernau einen fragst, sieht dich jeder groß an und sagt: Ein KZ? Nie gehört! Wo soll denn das gewesen sein? – Also, es lag genau vor den Augen des ganzen Dorfes. Und zwar im letzten Kriegsjahr. Und zwar immer und zwar Tag und Nacht. Und nachts war es besonders gut zu sehen, da stand nämlich links auf dem Damm ein Holzturm mit einem Maschinengewehr und rechts ein Holzturm mit einem Maschinengewehr. Und es gab starke Scheinwerfer, die das ganze KZ in Licht tauchten. Das war taghell. Und deshalb nenne ich das die Freilichtbühne. Du siehst, dass man das KZ aus fast jedem Haus sehen konnte. Aber wenn du die Leute fragst – auch die alten Leute – dann weiß es kein Mensch. Keine Sau ... oh, Entschuldigung. Sie geben es nicht zu, obwohl da ziemlich viel los gewesen ist. Ich habe das immer gewusst. Aber erst ein Schulkind hat mich wieder daran erinnert. Und ich habe gedacht: diese Idioten in Bonn können doch unmöglich ihren Bunker auf ein altes KZ setzen. So was macht man doch nicht. Aber so was machen die eben. Und deswegen bin ich stinkwütend.«

»Otto«, sagte ich, »das darf alles nicht wahr sein.«

»Es ist aber wahr«, sagte er. »Es ist wirklich wahr. Und wenn du dir das genau ansiehst, wie das KZ lag, dann wirst du auch wissen, dass niemand in Dernau behaupten kann, er hätte das nicht gesehen. Zumindest alle Menschen, die damals lebten, müssen es gesehen haben. Kann sein, dass der eine oder der andere es seinen Kindern nicht erzählt. Aber gewusst haben es alle. Seit dem Krieg. Und wenn du fragst, weiß es absolut keiner. Sie werden dich sogar unhöflich anreden, wenn du das KZ erwähnst. In diesem Jahr, 1983, ist jemand auf die Idee gekommen und hat unten an der Bundesstraße ein Schild aufgestellt. Darauf stand mit Pfeil in Richtung Weinberge »ZUM KZ DERNAU«. Und was meinst du, was passiert? Nach ein paar Stunden ist das Hinweisschild weg. Irgendjemand muss also eine Stinkwut haben und hat es aufgestellt. Aber er meldet sich nicht. Vielleicht haben die Geheimdienstleute, die rumschwirren, auch diese Schilder-Aufsteller einfach kassiert. Was weiß ich. Da war ein KZ. Und jetzt lass uns fahren und ich werde dir die Geschichte des KZs erzählen.«

Gott, dachte ich, der Peter hat behauptet, das könnte ein Buch sein. Er hat keine Ahnung gehabt, was das für ein Buch sein kann.

Otto stieg aus und ging zu seinem Wagen. Ich hatte das Gefühl, schleunigst wegfahren zu müssen. Ich fuhr zurück auf Ottos Hof, und es machte mir Spaß, die Reifen in den Kurven kreischen zu lassen. Ein KZ am Regierungsbunker – das war keine Geschichte, das war ein Wutmacher. Ich hatte Magenschmerzen. Ottos Frau war schlecht gelaunt und böse. Sie hatte auf dem Tisch im Wohnzimmer Bügelsachen aufgebaut und sagte: »In der Küche ist es zu kalt. Und du redest zu viel über uns hier und die Leute in Dernau.«

»Mal muss es doch gesagt sein«, erwiderte Otto müde. »Der Michael hätte das sowieso alles rausgefunden, nur ein paar Tage später. Aber du kannst doch nicht wie die drei Affen sein und tun, als geht dich das alles nichts an.«

»Dann geht doch rüber zu Toni in die Wirtschaft, aber macht das nicht hier.«

»Es ist mein Haus. Geh jetzt mit den Bügelsachen hier vom Tisch.« sagte Otto. Dann wurde er unvermittelt wütend. »Misch dich nicht in meine Angelegenheiten ein. Das ist meine Sache und du hast von all dem nichts zu wissen.«

»Es geht doch um den Bunker«, sagte sie matt und hatte ein graues, verkniffenes Gesicht.

»Haben Sie Angst vor dem Bunker?«, fragte ich sie.

Da sah sie mich an, als habe ich sie auf eine Idee gebracht.

Otto sagte: »Es geht nicht um den Bunker. Und lass uns jetzt zusammen sprechen. Und wenn einer kommt, ein Weinkunde oder so, dann bin ich nicht hier.« Das klang sehr endgültig. Otto setzte sich zurück und faltete die Arme über dem Bauch. Sie räumte das Bügelzeug mit eckigen Bewegungen zusammen und verschwand irgendwo im Haus.

Ich war sehr ungeduldig. »War hier ein richtiges KZ, ich meine, so ein KZ, wie man es sich landläufig aus der Geschichtsschreibung vorstellt?«

»Ich habe Bücher darüber gelesen. Glaubst du im Ernst, dass irgendein KZ harmlos war? Dass irgendein KZ wirklich so ein Ferienlager gewesen ist?«

»Nein, das glaube ich nicht. Wie hast du dich erinnert und wann?«

Da begann er zu erzählen. »Erinnert habe ich mich gestern Abend. Ihr seid so aufgeregt gewesen, und ich habe immer gedacht: sie werden es herausfinden. Und ich dachte dann: es ist wohl besser, wenn ich es ihnen sage. Damit sie es besser verstehen.« Er starrte aus dem Fenster, stand auf, um sich die angebrochene Flasche Rotwein zu holen und fragte unversehens: »Willst du einen Kaffee?«

Als ich sagte, es sei jetzt wohl keine Zeit, einen Kaffee zu kochen, sagte er bedachtsam: »Es ist besser, die KZ-Geschichte in Dernau langsam zu schlucken. Schluck für Schluck, denke ich. Wie alt bist du?«

»Siebenundvierzig. Ich bin 1936 geboren, ich habe vom Krieg noch allerlei mitbekommen. Die Jahre nach dem Krieg sind mir als großartiges Chaos in Erinnerung. Ich war ein Stadtindianer auf dem Schwarzen Markt. Ich habe sogar im Knast gesessen, als Junge, weil ich Butter gegen Zigaretten verschoben habe. Und weil die Militärpolizei damals wohl nicht recht wusste, was sie mit mir machen sollte. Und Jungen wie mich gab es zu Tausenden. Das ist meine Erinnerung.«

»Was hast du für einen Vater gehabt?« Er hantierte an der Kaffeemaschine herum und war nicht bei der Sache. Er füllte Kaffee in einen Filtertopf und hatte das Filterpapier vergessen.

»Ich habe noch einen Vater. Und den finde ich hervorragend.«

»Hat er dir etwas über die KZs gesagt? Ich meine, als du davon erfahren hast.«

»Ja. Er hat mir gesagt, dass ihm während des Krieges und auch vorher zwar bekannt war, dass es KZs gegeben habe, dass er jedoch nie gewusst habe, was in diesen Lagern lief. Und wenn er einmal davon erfahren habe, wie furchtbar das wirklich war, dann habe er sehr bewusst und gequält weggehört, um nichts zu erfahren. Es ist ihm wohl so gegangen wie Millionen anderen.«

»Ja, so ging es den meisten. Und die, die Mut gehabt haben zuzuhören, die mussten spätestens so Ende 1942 wissen, dass es unter anderem um die Ausrottung der Juden ging. 1942 konnte einfach niemand mehr sagen, dass er nichts wusste. Später ist behauptet worden, dass die Frontsoldaten nichts gewusst haben, weil sie nichts wissen konnten. Aber davon bin ich nicht sehr überzeugt. Ich wusste es seit Mitte 1941. Und eigentlich war das ein Zufall …«

»Zufälle gibt es nicht«, sagte ich.

Er sah mich an. »Kann schon sein. Irgendwann fing ich an zu denken, dass Hitler diesen Krieg unmöglich gewinnen könnte. Ich habe mit niemandem darüber gesprochen. Damals war ich in Rotterdam. Ich war in einem Hafenbüro und sah auf einer Wand eine Weltkarte. Und da war unser Großdeutsches Reich so klein und die sogenannten Gegner so riesig, dass ich dachte: Diesen Krieg können wir gar nicht gewinnen. Es ist völlig blödsinnig anzunehmen, dass wir ihn je gewinnen. Ich kann mich noch daran erinnern, dass ich ziemlich erschrocken bin, als ich das dachte. Ich hatte ja keine Ahnung von Politik. Ich dachte: Otto, wie kannst du Idiot denken, dass wir diesen Krieg nicht gewinnen? Otto, du hast keine Ahnung. Aber immer wieder habe ich gedacht: Das geht schief! In Rotterdam wurden Juden zusammengetrieben. Ich fragte, wo die hinkommen, und ein SS-Mann sagte mir, die würden in ein Arbeitslager gebracht. Er sagte das mit einem komischen Lachen und da dachte ich, dass irgendwas nicht stimmte. Gewusst habe ich nichts, aber geahnt habe ich was. Wenig später habe ich bei einer Sauftour einen getroffen, der alles im Osten gesehen hatte. Der Kerl soff und heulte. So ganz allein für sich. Jeder, der was vom Saufen versteht, der weiß ja, dass Menschen, die einsam saufen und einsam heulen, irgendetwas mit sich rumschleppen, mit dem sie nicht fertig werden. Und dieser Mann hatte ein KZ von innen gesehen. Und der sagte es mir. Und ich wollte es nicht glauben. Ich kam hierher nach dem Krieg zurück und wollte meiner Familie davon erzählen, den Frauen und den Kindern. Aber das hatte keinen Zweck, die hätten es sowieso nicht geglaubt. Obwohl sie einiges wissen mussten. Denn hier in Dernau gab es drei Judenfamilien, denen die Dernauer viel verdanken. Und die hatte der Hitler, oder wer auch immer, umbringen lassen. Das ist eine andere Geschichte ...«

»Hat das was mit dem Judenfriedhof oben in den Weinbergen zu tun?«

»Ja sicher. Aber alle Juden liegen da nicht unter den Gräbern. Die Grabsteine sind nur Erinnerung, da findest du keine Knochen. Nur Grabsteine mit dem gleichen Datum. Hast du dir den Friedhof da oben angesehen?«

Ich war beschämt. »Ich bin nicht ausgestiegen. Ich habe ihn gesehen, aber ich bin nicht ausgestiegen.«

»Dann fahr mal die Tage dorthin und sieh dir das an. Moses Bär und so. Aber das ist jetzt nicht die Geschichte.« Er trug den Kaffee auf den Tisch und stellte mir einen Trinkbecher hin. Dann setzte er sich. »Also das mit dem KZ war so. Gewusst habe ich das immer, aber ich habe es nicht gewusst. Komisch so was. Ich war 1944 hier auf Heimaturlaub. Und da hatte ich das KZ vor Augen. Im vorherigen Jahr, also 1982, fuhren Schüler aus dieser Gegend nach München. Das war ein langer Schulausflug, wie das die Schulen heute so machen. Und da waren die mit ihrem Lehrer auch im KZ Dachau. In der Erinnerungsstätte. Da sind Tafeln angebracht, damit man die Namen nicht vergisst. Mauthausen, Treblinka, Oranienburg. Und da ist eine Tafel auf der steht: KZ Dernau, Klammer auf BU, Klammer zu. Und das heißt, dass in Dernau ein KZ war, das als Außenstelle oder Außenlager vom KZ Buchenwald geführt wurde. Die Schüler haben das sehr verwundert gelesen, aber der Lehrer ist mit keinem Wort darauf eingegangen. Erst als sie wieder hier waren, hat ihnen der Lehrer etwas über KZs erzählt, aber nichts über das KZ in Dernau. Ich war wütend, aber wahrscheinlich hat der Mann nichts gewusst. Wahrscheinlich war er auch irgendwie erstaunt. Denn hier hat ihm garantiert kein Mensch erzählt, dass in Dernau ein KZ war. Jedenfalls hat er den Kindern etwas über KZs erzählt und über die Inschrift vom KZ in Dernau wurde nicht weiter gesprochen. Aber ein Schüler kam zu mir und hat mir davon erzählt und mich gefragt, ob dieses Dernau, was da in Dachau auf der Tafel steht, unser Dernau hier ist oder vielleicht ein anderes Dernau irgendwo in Deutschland. Da habe ich ihm gesagt: ›Nein, nein, damit ist dieses Dernau hier gemeint!‹ Da war er verwirrt.«

»Moment«, sagte ich, »das ist mir alles ein bisschen zu dick. Du musst verstehen, dass mir das alles unglaubwürdig erscheint. So wie ein schlechter Roman. Darf ich mal telefonieren?«

»Ja sicher«, sagte er. »Aber mach es kurz, da gibt es ja noch ein Menge zu erzählen. Und sag den Leuten nicht, dass du hier bist.«

»Keine Gefahr«, sagte ich. Dann rief ich einen Fotografen in München an, der ein guter Rechercheur ist. »Hör zu. Wenn du Zeit hast.« Er hatte Zeit. »Also gut. Fahr sofort nach Dachau. Ich muss wissen, ob da irgendwo eine Platte an der Wand befestigt ist, auf der steht, dass es in Dernau, ich buchstabiere ...«

Der Fotograf sagte mir, dass er sofort losfahren würde. Er würde es sicherheitshalber auch fotografieren.

Ich gab ihm die Telefonnummer und sagte ihm, dass er bestenfalls eine Stunde Zeit habe, und dass er das übliche Honorar bekäme, und dass ich in der Provinz hinge und ohne ihn verloren sei.

Otto fragte: »Sag mal, glaubst du mir nicht?«

»Mein Problem ist, dass ich dir glaube. Aber mein Beruf ist nun mal, mich zu vergewissern. Ich muss alles, was ich gesagt bekomme, hart machen. Es kann unter Umständen auch sein, dass wirklich ein anderes Dernau irgendwo existiert. Und es kann auch sein, dass ein KZ nicht bestand. Deshalb lasse ich es sofort prüfen. Das passiert, während wir uns unterhalten und es nimmt uns keine Zeit.«

»Das kann ich verstehen«, sagte er. »Ich will dir weiter erzählen. 1944 wurde hier also die Wunderwaffe Hitlers zusammengesetzt, genau in dem Tunnel, der heute ein Stollen von diesem Regierungsbunker ist. Und da sagte mir damals meine Mutter, es wären jede Menge Fremdarbeiter hier. Das waren weit über zweitausend. Das war in der zweiten Hälfte des Jahres 1944. Ich hatte sowieso das Gefühl, dass ich den Krieg verliere und irgendwo krepiere. Irgendwie war mir der Zustand hier vollkommen egal. Fremdarbeiter oder nicht. Dann sagte meine Mutter auch noch, dass hier Juden in einem KZ wären. Damals, und da bin ich ganz ehrlich, ist mir das überhaupt nicht aufgefallen. Ich hatte das Gefühl, als ginge mich das hier nichts an. Ich musste nach vierzehn Tagen sowieso wieder zu meiner Truppe nach Westen. Warte mal, war das Osten oder Westen? Nein, es war schon wieder Westen. Und irgendwo, davon bin ich überzeugt, würde es mich erwischen. Ich traf hier Leute, die davon überzeugt waren, dass Hitler nun die Wunderwaffe einsetzen werde, und ich kann mich deutlich daran erinnern, dass ich diese Leute angesehen habe, als wären sie einem Irrenhaus entsprungen. Kein Mensch an der Front glaubte damals noch ernsthaft an einen Sieg. War ja auch klar, wir befanden uns in ständigem Rückzug. Alle Fronten gingen zurück, und es war nur eine Frage der Zeit, wann der Spuk vorbei sein würde. Jedenfalls hatte meine Mutter mir gesagt, dass in Dernau ein KZ sei. Später habe ich das vergessen, oder irgendwie hinten im Kopf behalten, mich aber nicht mehr daran erinnert. Ich überlebte den Krieg, kam zurück. Ich hatte viel zu tun. Die Winzerei wollte wieder in Gang kommen und wir mussten ja auch leben. Mein Vater war im Feld geblieben und meine Mutter fiel als Arbeitskraft aus, die war fertig, vollkommen fertig.

Na ja, ich heiratete dann, dann kamen die Kinder, und irgendwie kam alles wieder in Gang. Aber bevor es so war, lebte ich hier im Dorf und hatte sozusagen Marienthal und Dernau in der Nachbarschaft. Dernau ganz besonders.

Damals wurde viel gesoffen. Irgendwie war das Erleichterung. Der Krieg war vorbei und die Leute waren so müde. Das war 1945 und 1946. Heute stehen ja auf diesem Damm, auf dem das KZ war, Reben. Damals war das natürlich noch nicht so. Und die Leute hatten was ganz Typisches getan. Ich weiß natürlich nicht, wer das getan hat, aber irgendeiner hat es getan. Das KZ war aufgelöst worden, die Leute aus dem KZ waren irgendwohin transportiert worden. In diesen Monaten bin ich oft auf dem Damm gewesen, und ich habe mich immer gefragt, wo diese Häftlinge denn hintransportiert worden sind. Von dem Lager und den Maschinengewehrtürmen und den Baracken war nichts mehr da. Das war planiert worden, und ich habe bis heute nicht herausgekriegt, von wem eigentlich. In dem KZ war ein Bunker gewesen. So ein viereckiger Klotz. Ich schätze, dass der so ungefähr drei mal fünf Meter groß war. Aus Beton. Da ging es ein paar Stufen herunter. Und durch Zufall habe ich den Bunker noch betreten, als er stand. Der wurde nämlich auch plötzlich geschleift. Ich weiß nicht, von wem und ich weiß auch nicht, wann. Jedenfalls habe ich den Bunker noch betreten. Das war ein völlig kahler Raum. Und nun pass auf. In dem Raum lagen auf der rechten Seite zwei Haufen. Und zwar war da ein Kleiderhaufen mit der üblichen KZ-Montur, also diesem gestreiften Stoff. Der andere

Haufen waren diese typischen KZ-Schuhe. Das lag da wochenlang. Ich fragte mich und ich frage mich noch heute, wo die Leute, die in diesen Klamotten gesteckt haben, denn geblieben sind? Und waren sie neu einge-kleidet worden? Das hatte ich noch nie gehört, vor allen Dingen nicht, dass die in diesen letzten Kriegsmonaten noch von irgendwem eingekleidet sein sollten. Waren die Leute nackt abtransportiert worden? Und wenn ja, warum? Das ist doch alles widersinnig. Na ja, aber et-was anderes war sehr komisch. In diesem Bunker gab es zwei Rohre. Merkwürdige Rohre. Die mündeten oh-ne ersichtlichen Grund offen im Bunker. Und zwar ei-nes etwa in zwanzig bis dreißig Zentimetern Höhe. Und das zweite in einer Höhe knapp über meinem Kopf, also etwas über Mannshöhe. Nun wissen wir ja, wie diese Vergasungen technisch funktionierten. Und ich bin damals ziemlich erschrocken gewesen. Da war also der Bunker, völlig kahl, mit diesen Kleiderhaufen und Schuhhaufen und diesen Rohren. Verdammt, habe ich gedacht, da ist was Schreckliches passiert, aber ich habe mich nicht drum gekümmert. Ich habe nur etwas gemacht, was ich heute anders machen würde. Ich ha-be später die Grundmauern des Bunkers fotografiert. Der Bunker war nämlich über Nacht nicht mehr da. Kein Mensch weiß, wer den geschleift hat. Auf jeden Fall muss da ein Raupenfahrzeug oder so was gekom-men sein und hat den Bunker dem Erdboden gleichge-macht. Mit den Klamotten, die drin lagen. Eins weiß ich sicher: gebuddelt hat da keiner mehr, seit der Krieg vorbei ist. Und nun muss ich dir erzählen, was da in dem KZ alles passiert sein soll.«

»Heißt das auf gut deutsch, dass du glaubst, dass wir da Skelette finden, wenn wir buddeln?«

»Genau das kann sein. Muss nicht sein, aber kann sein. Ich meine, wenn da niemand gebuddelt hat, müssten wir eigentlich was finden. Die haben doch nach dem Krieg, also in den letzten Kriegswochen, immer versucht, die KZs und alles, was damit zusammenhing, zu vertuschen.«

»Ich kann nicht begreifen, dass die Regierung ihren Bunker auf einem KZ gebaut haben soll. Das ist eine derartige Geschmacklosigkeit, dass es mir nicht in den Kopf will.«

»Aber das ist doch möglich. Niemand hat es gewusst.«

»Das glaube ich nicht. Das müssen eine Menge Leute gewusst haben. Das macht mich verrückt. Kann sein, dass es die Regierungschefs nicht wussten, aber die Planer müssen es gewusst haben. Sie haben sich Monate und Jahre in Dernau und Marienthal herumgetrieben. Die haben das erfahren.«

»Ja«, sagte er. »Ich denke genau so. Aber vergiss nicht, dass mit dem Bunkerbau viel Geld zu verdienen war. Für jeden. Und als die es erfuhren, haben sie den Mund gehalten und dafür gesorgt, dass andere es auch nicht erfuhren. Nur so konnte der Bunker gebaut werden.«

»Das können wir nicht behaupten. Das ist Spekulation.«

»Beruhige dich«, sagte er. »Dass viele es gewusst haben, ist ganz klar. Und als der Rummel um die KZs abnahm, da haben sie den Mund gehalten. Das ist keine Spekulation, das alles ist verdammt wahr. Und das weißt du auch. Es kann nämlich gar nicht anders gewesen sein.»

Dann stand er auf und sagte: »Du hast ein ganz graues Gesicht.«

»Wir sollten vielleicht was essen. Ich esse gern einfach Aufschnitt und ein Stück Brot. Und du?«

»Dasselbe. Und lass mich eine Weile überlegen. Ich muss mal vor die Türe gehen.

Mir schwirrte der Schädel.«

»Tu das«, sagte er. »Das kann ich gut verstehen.«

Ich stand draußen auf dem Hof und dachte, ich müsse sofort einen Bagger oder irgendetwas Ähnliches besorgen. Ja, vielleicht war ein Bagger genau das Richtige. Aber dann würde ein erboster Winzer kommen und mich fragen, was zum Teufel ich zwischen seinen Rebstöcken zu suchen habe. Ich würde ihm nicht antworten können: Skelette! Diese Geschichte bewegte sich am Abgrund zur Lächerlichkeit. Die Polarität von Macht und Ohnmacht.

Weil alles einmal Premiere hat, zog ich meine Schuhe aus und lief einen Feldweg entlang. Ich lief so schnell ich konnte und ich fand, dass meine Kondition gut sei. Als ich keuchend zurückkam, stand Otto verloren im Hof, winkte und sagte mir, dass da ein Mann aus München schon minutenlang am Telefon sei. Und wo, lieber Gott, ich denn gesteckt habe.

»Ich musste Dampf ablassen«, sagte ich und lief zum Telefon.

»Hör zu«, sagte der Fotograf, »ich bin hier in Dachau in einer Telefonzelle. Da gibt es wirklich ein KZ mit Namen Dernau. Und wirklich steht hinter Dernau BU.

Aber damit wir uns richtig verstehen: Du musst an der Ahr sein, an dem Fluss Ahr. Und es muss im Kreis Ahrweiler liegen. Soll ich das buchstabieren?«

»Nicht nötig«, sagte ich. »Ich bin an der Ahr und im Kreis Ahrweiler.«

»Wieso schnaufst du so?«

»Ich bin gerannt«, sagte ich. »Ich danke dir.«

Otto hatte Hartwurst und Brot mit Butter auf den Tisch gestellt. Er hatte neuen Kaffee für mich gemacht. »Ich habe überlegt, was sich in den Monaten nach Kriegsende in Dernau alles so abgespielt hat. Ich meine diese Dinge, bei denen ich dabei war. Das ist ziemlich viel. Einiges kannst du brauchen, anderes nicht. Na, ja, das musst du entscheiden. Du musst wissen, was du gebrauchen kannst und was nicht. Kennst du den Namen Axer, Gerhard Axer?«

»Nein, nie gehört. Wer ist das?«

»Ein SS-Mann, oder so was. Ich werde das erzählen. Axer hat in Dernau angeblich die KZ-Häftlinge gequält und geschlagen. Ich weiß es nicht genau. Aber er wurde gesucht. Aber ich denke, ich muss der Reihe nach erzählen. Ich habe ja gesagt, dass im Tunnel die V1 oder die V2 zusammengesetzt wurden. 1944 waren in Dernau und Marienthal mehr als zweitausend sogenannter Fremdarbeiter. Vor allem wohl Holländer und Franzosen. Darauf komme ich noch zurück. In den letzten Kriegsjahren hatte die deutsche Industrie Schwierigkeiten. Die hatten nämlich Mangel an Arbeitskräften. Und so schickte man vor allem aus den besetzten Ländern die Leute als Fremdarbeiter und Zwangsarbeiter in die deutschen Rüstungsbetriebe. Dernau hatte damals rund eintausendsechshundert Einwohner und mehr als zweitausend Zwangsarbeiter. Aber auch das KZ. Nach dem Krieg habe ich zu klären versucht, wie viel Leute in den Baracken des KZs gelebt haben. Es müssen mehr als einhundert gewesen sein, aber wahrscheinlich unter zweihundertfünfzig. Ich verlasse mich da auf Aussagen der Dernauer. Und die wussten das natürlich sehr genau. Ein paar sind inzwischen gestorben, aber von denen, die noch leben, wussten das vor ein paar Jahren noch alle. Jetzt wollen sie nicht einmal mehr etwas von dem KZ wissen. Hier ging nach dem Ende des Krieges natürlich alles drunter und drüber. Und jeder musste zuerst mal sehen, dass er leben konnte. Aber so langsam wurde alles klar. Dann erschien, noch im Jahre 1945, ein hoher französischer Kriminalist. Der fragte direkt nach dem KZ in Dernau und er fragte nach einem gewissen Gerhard Axer. Der soll ein KZ-Bewacher gewesen sein. Ich wusste nichts von einem Axer, aber das war wohl auch nicht wichtig, wie sich später herausstellte. Dieser französische Kriminalist suchte in ganz Dernau und Umgebung. Er war wütend und zornig. Und dabei ergab sich folgendes Bild: er suchte nach diesem Axer, weil der angeblich Menschen im KZ gefoltert und gequält hatte. Nach Aussagen von KZ-Häftlingen. Ich erinnere mich auch, dass der mir ein Bild von diesem Axer zeigte. Es stellte sich heraus, dass es Protokolle gab, wonach Bewohner Dernaus die Schreie der Gefolterten gehört hatten. Der Franzose kam wochenlang jeden Tag und suchte diesen Axer. Er fand ihn nicht. Nach dem Franzosen kam noch ein Engländer. Auch ein hoher Kriminalist. Auch der suchte diesen Axer. Er kam nicht wieder. Der Franzose saß im Hauptquartier in Remagen. Eines Tages fuhr ich mit der Eisenbahn über Remagen irgendwohin. Auf dem Bahnhof in Remagen begegnete mir der Franzose und sagte hocherfreut, er hätte diesen Axer verhaften können. Der habe versucht, sich in Unkel in den Reihen der Kommunisten zu verkriechen. Danach habe ich von Axer nie mehr gehört. Unkel ist ein so kleiner Ort bei Sinzig.

So weit, so gut, aber die Sache ging noch weiter. Es war eine wirklich verwirrende Zeit und erst heute komme ich dazu, einiges zu sortieren. Verstehst du mich? Du erinnerst dich an Dinge, die du damals vergessen hast. Du bildest dir viele Jahre lang ein, du hättest sie vergessen. Aber du hast sie nicht vergessen, du hast sie nur in eine hintere Ecke vom Hirn geschoben. Du kannst sie jederzeit herausholen. Als ihr gestern gekommen seid, habe ich gewusst, ich muss diese Dinge aus meinem Kopf ausgraben. So ungefähr vier oder fünf Jahre später, also vielleicht 1950, saß ich einmal in einer Kneipe, da fragte ein Holländer neben mir, was denn damals aus dem KZ in Dernau geworden sei. Ich habe mich an der Unterhaltung mit dem gar nicht beteiligt. Er hat erzählt, er wäre in einem Lager für Zwangsarbeiter gewesen. Unten am Bahnhof in Dernau wäre das gewesen. Sie hätten immer das KZ auf dem Damm sehen können, hätten auch sehen können, wie die KZ-Häftlinge jeden Abend aus dem Stollen gekommen wären. Ihre Erschöpften und Toten hätten sie selbst auf Tragbahren aus dem Tunnel getragen. Mir war ganz schlecht, ich bin dann abgehauen. Ich wollte das alles gar nicht wissen.« Er stellte das Rotweinglas so heftig ab, dass der

Wein überschwappte. »Du kannst dir gar nicht vorstellen, wie ich mich ärgere. Ich hätte doch damals hinhören müssen. Ich hätte mir den Namen und die Adresse von dem Mann geben lassen müssen. Ich hätte ihn fotografieren müssen, oder was weiß ich. Ich hätte etwas tun müssen. Ich habe nichts getan, gar nichts.«

»Sag mal, was weißt du eigentlich noch? Das, was du bis jetzt ausgekramt hast, ist schon ungeheuer viel. Was kommt da noch?«

»Nichts.« Er schüttelte den Kopf. »Ja, da waren Todesfälle im Bunker. Sechs bis acht denke ich. Während der Bauzeit. Aber das ist ja wohl normal bei einer Großbaustelle.«

»Und sonst? Sonst wirklich nichts?«

Er schüttelte den Kopf. »Ich kann mich ja bei andern Leuten erkundigen. Aber vorläufig weiß ich nichts.«

»Ich bin sehr müde«, sagte ich. »Aber es ist noch Tag.«

»Du kannst schlafen gehen«, sagte er, »Ich habe Betten genug im Haus. Du kannst dich hinlegen und schlafen. Ich wecke dich, wann du willst.«

»Ich könnte nicht schlafen. Das ist so eine ungeheuerliche Geschichte, bei der ich eigentlich nur wissen möchte, wer das alles außer dir weiß.«

»Ganz Dernau«, sagte er lächelnd. »Ganz Marienthal. Weiß der Teufel, alle Bürgermeister müssen das wissen. Der Kreistag, der Landrat. Das ist doch völlig klar.«

»So klar ist das nicht«, widersprach ich. »Denk doch mal nach. Der Bunker wird gebaut. Er ist hier. Und trotzdem sehen die meisten Menschen ihn gar nicht. Sie wissen, dass er da ist, aber sie wissen es auch wieder nicht. Wir nehmen diesen Irrsinn mit dem Bunker hin, als wäre es völlig normal, dass unsere Regierung sich einen Bunker fürs Überleben baut. Na und, sagen wir. Die haben das Geld von uns und also können die sich so ein Ding bauen. Wir wissen um diesen Irrsinn und tun eigentlich nichts dagegen. Wir nehmen es hin. Und immer, wenn wir uns partout daran erinnern müssen, dann tun wir es widerwillig. Und mit dem KZ beim Bunker wird es ebenso sein. Daran erinnert sich ein Mensch doch nur, wenn er bereit ist, sich zu erinnern. Und wann ist ein Mensch bereit dazu? Wenn er unbedingt muss. Eher nicht. Es wird also eine Menge Leute geben, die sich einfach weigern, sich an das KZ zu erinnern. Weil das zu peinlich ist. Ganz einfach.«

»Du bist ja böse«, sagte er verblüfft.

»Das bin ich auch. Ich komme mit der Absicht her, die sogenannten Geheimnisse um den Bunker, die sowieso allen Geheimdiensten bekannt sind, ein wenig durch Kneipengespräche lächerlich zu machen. Und was finde ich? Ein KZ. Das ist nicht gut.«

»Bunker haben eben ihre Geschichte«, sagte er nachdenklich. »Ich erinnere mich, als herauskam, dass ein ehemaliger Bundesverteidigungsminister seinen privaten Bunker mit angeblich zwanzig Tonnen Blei absicherte, um ihn gegen die Strahlung der Atombomben zu sichern. Mann, haben wir uns aufgeregt. Wegen dem Bunker hier haben wir uns nicht aufgeregt. Ich stelle mir vor, dass die auch Blei verwendet haben. Wie viel Tonnen haben die da in die Erde gelegt? Das darf man sich gar nicht vorstellen.«

»Ich fahre ins Hotel«, sagte ich. »Ich muss mal abschalten, wenn ich das überhaupt kann.«

»Kannst du noch etwas über das KZ herausbringen?«, fragte er mich.

»Das ist einfach«, sagte ich. »Das Bundesarchiv in Koblenz hat alles, was man braucht. Aber was sollen die uns noch liefern? Die Bestätigung, dass in Dernau wirklich ein KZ war?«

»Hast ja recht«, sagte er. »Ich frage mal ein paar Kumpel, was die noch alles so wissen. Wann kannst du denn wiederkommen?«

»Ich weiß es nicht«, sagte ich. »Mach es gut. Ich rufe dich an, bevor ich komme.« Ich fuhr zu Peter und erzählte ihm, dass ich ein KZ gefunden hätte. Er war betroffen und schwieg ratlos. Dann fuhr ich in das Hotel und schrieb bis drei Uhr morgens alles auf, was Otto mir gesagt hatte. Ich konnte nicht schlafen und trieb mich im Schwimmbad herum, bis ich glaubte, müde zu sein. Ich lag wach bis acht Uhr und stand auf.

Der 9. Dezember 1983

Die alte Frau hatte mir ein üppiges Frühstück gemacht, sagte, ich hätte sowieso nicht geschlafen und ob es denn nicht besser sei, eines ihrer harmlosen Schlafmittel zu nehmen, »am besten gleich eine Handvoll«, und Schlaf noch einmal zu versuchen. Ich lehnte ab und fühlte den Bunker wie einen wütenden Ball im Bauch. Ich aß etwas und machte mich dann auf den Weg. Ich wollte nicht zu Peter, aber ich wollte auch nicht zu Otto. Erst später habe ich begriffen, dass ich Furcht hatte, Otto könne erneut mit irgendeiner unfasslichen Geschichte vom Bunker kommen. Es regnete. Ich fuhr über die Autobahn und nahm den Weg durch die Hintertür nach Dernau. Ich habe später nie mehr den Weg, den normalen, über Bad Neuenahr gefunden, ich habe immer den Weg durch die Hintertür benutzt.

Niemand war auf der Straße, ich fühlte mich sehr allein, aber ich konnte gut damit umgehen, weil alle Reportagen, die ich gemacht habe, solche Tage hatten. Ich starrte die noch geschlossenen Kneipen an und wusste, dass ich in jede hineingehen würde, um zu erfahren, was wirklich los sei. Otto hatte gesagt, in Staffel sei ein Postbunker, oder irgendwas in der Art. Ich blieb auf dem Parkplatz stehen und versuchte, mich genau daran zu erinnern, was er gesagt hatte. Ein Stollen sollte vom Regierungsbunker dorthinführen. Auf der Landkarte wand sich die Straße die Ahr hinauf in unzähligen Windungen. Erst ging es direkt nach Süden, den kleinen Fluss entlang, dann strikt nach Osten über Kesseling nach Staffel. Es war sicherlich eine halbe Stunde zu fahren, aber es war geografisch von Marienthal und Dernau nicht weiter entfernt, als etwa dreitausend oder viertausend Meter. Der Bunker sollte die Funktion eines Informationsbunkers haben.

Ich fuhr vierzig Minuten und ich fand den Bunker nicht. Ich wollte niemanden fragen, um nicht auf mich aufmerksam zu machen. Sicherlich wurden die Bunker als Geheimnisse behandelt und ich zögerte noch, mich offen dazu zu bekennen, dass ich alles über sie wissen wollte. Ich fand nicht einmal eine Kneipe in Staffel, in der ich einen Kaffee trinken konnte und eine Frau sagte mir: »In Staffel gibt es keine Wirtschaft.« Ich fuhr weiter und hielt in einem Waldweg an. Irgendwann schlief ich ein. Als ich aufwachte, war es zwei Uhr mittags und ich fühlte mich gut. Es regnete noch immer.

Ein paar Kilometer hinter Staffel entdeckte ich eine einsame Kneipe und ging hinein. Da war eine mürrische alte Frau, die ich um einen Kaffee bat und, wenn sie es denn machen könne, um ein Brot mit Käse oder Schinken. Sie betonte, sie sei nur die Wirtschafterin, aber sie könne mir Kaffee und Brot besorgen. Die Kneipe war dumpf, muffig und niedrig, und ich starrte in den Regen hinaus und fand die Sache trostlos. Als die Frau das Brot und den Kaffee brachte, fragte ich: »Ich habe gehört, hier soll es einen Postbunker oder so was geben. Was ist denn das?« Sie war wie die Kneipe und sie sagte mit ihrem roten Gesicht: »Ach, das ist eigentlich Männerkram. Die reden dauernd drüber, wenn sie hier ihr Bier trinken. Postbunker heißt das Ding eben, mehr weiß ich auch nicht. Fernsehen soll da drin sein und Telefon und alle diese Sachen.«

»Und wo ist dieses Wunderding?«

»Von wo sind Sie denn gekommen? Von Staffel? Also dann sind Sie daran vorbeigefahren. Rechter Hand, wenn Sie nach Staffel fahren. Das erste Haus. Ich meine hinter dem ersten Haus. Ja, ja, das ist ein Geheimnis ist das.«

»Wieso ist das ein Geheimnis?«

»Na ja, das hängt irgendwie mit dem Bunker in Marienthal zusammen. In Dernau da ist doch der Regierungsbunker. Die hängen irgendwie zusammen, aber ich weiß nicht genau wie.«

Mach jetzt keine Fehler. Zeige kein übermäßiges Interesse. Gib ihr zu verstehen, dass dich das zwar interessiert, aber nur am Rande. Und wenn sie nichts sagen will, dann soll sie, zum Teufel, eben nichts sagen. Es ist nicht wichtig genug, um mehr als einen Satz darüber zu verlieren.

»Weshalb wollen Sie das denn wissen?«, fragte sie. Ihre Augen waren listig.

»Ich will das nicht wissen. Ich bin hier in der Gegend und war in einem Geschäft, da haben zwei Männer über den Postbunker gesprochen. Und irgendwie taten

103

die sehr geheimnisvoll. Also frage ich mal. Das ist alles.«

»Ja«, sagte sie und ihre Augen drückten klar aus, dass sie mir kein Wort glaubte. »Also der Postbunker ist hier. Gleich ein paar hundert Meter weiter. Und mehr weiß ich auch nicht.«

»Gibt es hier in der Gegend viel Touristen?«

»Hier nicht so. Unten an der Ahr mehr«, sagte sie. »Hier sind keine Weinberge und kein Wein und kein Rummel. Also, wir wollen mal sagen, hier ist mehr Ruhe.«

»Aber schön ist es hier«, sagte ich lahm.

»Im Sommer ist viel los hier. Hier die Straße geht zum Nürburgring hoch. Da ist im Sommer viel los. Da ist es hier immer voll. Besonders am Wochenende. Sind Sie Vertreter?«

»Kann man sagen. Gibt es hier eigentlich auch Arbeitslosigkeit?«

Sie nickte und stützte die Arme auf eine Stuhllehne mir gegenüber. »Ja, Arbeitslosigkeit haben wir hier auch. Wenig Betriebe. Ein bisschen Bleikristall und Pappe, aber sonst nichts. Und diese Betriebe drücken die Preise. Wenn du nicht willst, wie die wollen, dann kannste abhauen. Die finden genug Leute. Und ja, dann haben wir noch den Postbunker.«

»Wieso? Findet man da drin Arbeit?«

»Na ja, die Handwerker schon, aber sonst die Arbeiter hier nicht. Im Postbunker, das müssen ja alles gelernte Leute sein. Also Maurer und Installateure und was weiß ich noch.«

»Wollen Sie sich nicht setzen? Sie brauchen doch nicht zu stehen.«

»Nee, das geht nicht. Wenn der Chef kommt, wissen Sie. Der hat nicht gerne, dass man sich an die Tische setzt, obwohl ich doch alle Gäste kenne. Ich kenne alle Gäste seit Jahren.«

»Darf ich Sie denn wenigstens zu einem Bier einladen, oder so?«

»Also Bier bestimmt nicht.« Sie strahlte, sie war zwischen sechzig und siebzig Jahre alt und hatte ein mondbreites, rosiges Gesicht und eine geduckte viereckige Figur. »Aber vielleicht einen Kräuterlikör.«

»Also denn einen Kräuterlikör«, sagte ich. »Einen Kräuterlikör im Stehen.«

Sie ging zu der kurzen Theke unter der trist leuchtenden Bierreklame, sie ging breitbeinig und sehr bestimmt.

Greif sie an, greif sie jetzt an, lass sie nicht aus dem Thema, sag es jetzt, sonst kannst du es nicht mehr sagen. »Wieso tut ihr alle eigentlich so, als ob dieser komische Postbunker etwas ganz Geheimnisvolles ist? Sie tun genauso wie die Männer in dem Geschäft. Was ist an diesem Bunker dran?«

Sie drehte sich nicht herum, sie fischte nach einer Flasche, die in einem Glasregal stand. »Ich weiß auch nicht, aber alle Leute tun geheimnisvoll, wenn sie über diesen Bunker reden. Die sagen alle, der wäre geheim, weil er irgendetwas mit Militär zu tun hat. Mit NATO und so und mit dem Regierungsbunker.« Sie hielt plötzlich inne und stand auf einem Bein, hatte eine Flasche in der Hand und sah aus wie ein Clown, der vormachen will, was allen Menschen alltäglich geschieht. Sie sind immer zu klein.

»Obwohl Jupp ja im Regierungsbunker arbeitet«, sagte sie nachdenklich.

»Wer ist denn Jupp?«, fragte ich.

»Mein Bekannter«, sagte sie und goss sich von dem Likör ein. »Mein Bekannter heißt Jupp, müssen Sie wissen. Also mein Mann, der Josef, das ist eigentlich derselbe Name, ist früh gestorben. Und Jupp und ich sind zusammen. Seit Jahren schon. Die reden viel im Dorf, aber wir scheren uns nicht drum.« Sie wurde schneller, als wollte sie ihre Wut loslassen.

»Die sagen, wir sollten uns in dem Alter zusammennehmen. Die sagen, das wäre ja wohl was für junge Leute, aber dass der Amtmann Wegner, der ja auch schon sechzig ist, mit der Kuh vom Gemeindeamt ins Heu geht, das finden sie alle in Ordnung, da tun sie so, als wäre das richtig, obwohl er schon Enkel hat und obwohl seine Frau Migräne hat und einen Herzfehler. Die haben was gegen Jupp und die haben was gegen mich.« Sie trank eine winzigen Schluck, sagte plötzlich erschrocken: »Ach, Prosit. Was wollte ich eigentlich sagen? Ach so, ja. Jupp ist bei der Wachmannschaft vom Regierungsbunker. Er ist schon achtundsechzig, aber noch gut beieinander. Und ich bin zweiundsiebzig. Aber wir haben damals gesagt, wir wollen nicht heiraten, weil wir die Renten verlieren und weil wir ja noch was haben wollen vom Alter. Wir sind schon zusammen nach München gefahren. Zur Gartenbauausstellung. Und ich habe das Häuschen gekauft. Das hätten wir nicht gekonnt, wenn wir geheiratet hätten. Die Leute sagen, man braucht heute keinen Trauschein mehr und keine Ringe. Aber Jupp hat mir einen Ring gegeben …«

Sie kam an meinen Tisch und stellte das kleine Glas mit dem Kräuterlikör ab. »Jupp ist also bei der Wachmannschaft vom Regierungsbunker. Aber der darf nichts sagen, weil er vereidigt wurde. Der darf nichts sagen und der sagt auch nichts. Manchmal redet er, aber das ist bloß unwichtiges Zeug. Was sie so machen tagsüber und in der Nacht. Er fährt jeden Tag runter nach Marienthal und es ist eine gute Arbeitsstelle beim Bund. Wir wollen in diesem Sommer nach Ruhpolding. Da war Jupp mal als Soldat. Er sagt, er will die alten Kumpels noch mal sehen, wenn sie noch leben.«

»Wieso haben die im Dorf eigentlich was gegen euch. Das ist ja nicht zu glauben. Sind die sehr heilig und sehr christlich?«

Das war es, das war es, was sie brauchte. Sie lächelte: »Oh, die sind sehr heilig und rennen jeden Sonntag in die Kirche. Josef, also mein Mann und ich, sind von der Ostsee hierhergekommen, nach dem Krieg. Aber er ist schon fünfundsechzig gestorben. Sie haben ihn an der Front unten bei El Alamein zusammengeschossen und er hat immer gesagt: ›Lange mache ich das nicht mehr.‹ Er hatte zwei Steckschüsse im Unterleib. Und dann ist er gestorben. Wohl mehr wegen dem ganzen Kummer, den er hatte. Weil doch seine Eltern alles verloren hatten und meine Eltern haben auch alles verloren, und wir hatten nichts und mussten nur immer schwer arbeiten. Jupp ist damals aus dem Osten, aus Allenstein, mit seiner Frau und den Kindern nach Trier gekommen. Da hatten die auch wenig zu lachen und die Kinder haben bald geheiratet und sind weggegangen. Und dann war er allein mit seiner Frau, und er hatte wohl noch viel zu arbeiten, aber sie war arbeiten nicht gewöhnt und sie ist dann gestorben. Jupp hat es in Trier nicht mehr ausgehalten und ist hierhergekommen. Er war dann noch als Geschäftsführer bei der Kohlenhandlung in Adenau und dann hat er irgendwann aufgehört mit Arbeiten und ist in Ruhe gegangen. Er hat gesagt, das Leben wäre kurz und er wollte noch was.vom Leben haben. Aber da waren wir schon zusammen und die Leute haben angefangen zu reden. An einem Sonntag sind wir morgens spazieren gegangen und Jupp hat mir erzählt von seiner Frau und seinen Kindern und dem Krieg und wir haben so ... wir haben uns so die Hand gegeben und sind spazieren gegangen und das hat jemand gesehen und dann kam einen Sonntag später der Pfarrer. Wir haben gerade gefrühstückt, ich war nicht mal gebadet. Und der hat gesagt, er könnte ja alles verstehen und wir wären beide Witwer und wir hätten ja auch ein Recht darauf, dass wir Bekannte sind. Und dann hat er gesagt, wir sollen doch den Bund fürs Leben schließen, weil das besser wäre für die jungen Leute im Dorf. Und dann hat Jupp gesagt: ›Herr Pfarrer, tun Sie mir einen Gefallen und reden Sie uns nicht rein. Und machen Sie mir mein Frühstück nicht kaputt und bringen Sie mir nicht bei, wie ich leben soll und jetzt raus mit Ihnen!‹ Das hat er gesagt und seitdem reden die Leute.«

»Die Leute sind neidisch.«

»Ja?« Sie strahlte wie ein junges Mädchen. »Finden Sie das auch? Ich finde es auch. Ich habe das Jupp gesagt, aber er wollte es nicht glauben. Das Häuschen hätten wir bald nicht kaufen können, weil der Bürgermeister kam und sagte, wir sollten doch lieber in ein Altersheim gehen. Das wäre billiger und die jungen Leute könnten das Haus dann kaufen. Aber es war gelogen, weil es keine jungen Leute bei uns gibt, die sich hier ein Häuschen kaufen. Wir haben es dann gekauft und bezahlt. War billig, aber Jupp ist gut als Handwerker und macht alle Sachen selber. Wollen Sie noch einen Kaffee?«

»Ja, bitte«

Sie ging für eine Weile fort, kam dann wieder, goss sich widerstrebend noch einen Kräuterlikör ein und sagte, dass Jupp acht Stunden zu arbeiten hätte, dass er einen scharfen Hund an der Leine hätte. Insgesamt wären zwanzig Hunde da, die einen Menschen glatt in Stücke zerreißen könnten. Manchmal hätten sie mehr Hunde da, aber meistens zwanzig. Und sie wären alle auf Mann dressiert, und wenn die Wachmannschaft so einen Hund losließe, gebe es Tote. Einen Zwischenfall habe es auch gegeben, mit einem Kind. Aber Näheres wisse sie nicht. Jupp sei ganz fertig gewesen. Sie würde nachts von scharfen Hunden träumen, aber Jupp würde über sie lachen. Jupp sagt, dass die Sache mit den Hunden sowieso Blödsinn ist, weil ja niemand in den Bunker reinkommt und weil auch kein Mensch in den Bunker reinkommen würde, wenn da keine Hunde wären. Jupp würde sagen, wenn jemals Handwerk goldenen Boden hätte, dann wäre das bei den Wachmännern am Bunker, denn eigentlich hätten sie kaum was anderes zu tun, als auf etwas aufzupassen wie den Bunker. Und in den käme sowieso kein Mensch rein, auch wenn sie sich alle schlafen legten.

Etwa an diesem Punkt konnte ich ganz ungefährdet fragen, wie denn dieser Postbunker in Staffel mit dem Regierungsbunker zusammenhänge, und sie ging sehr bereitwillig darauf ein. Sie sagte, sie wäre einmal im Bunker gewesen, weil da ja auch mal jemand rein muss, der richtig und gründlich putzt. Und außerdem wisse sie von einem Handwerker, der nach Schicht sein Bier bei ihr trinke, genau, was da so alles los ist in diesem Bunker. Die Post hätte die Oberaufsicht, aber eigentlich sei das Ding von der NATO. Und als sie geputzt hätte, wäre sie überall hingekommen. Und sie wisse genau, dass der Postbunker zweihundert Meter lang sei und zwei Geschosse habe und dass er alles in allem, was die Männer so sagen, also einen halben Kilometer Haupt-stollen habe und voll bepackt sei mit Apparaten, von denen sie nichts verstehe. Aber man könnte Funk emp-fangen und alle Fernsehprogramme und man könnte selbst auch Fernsehen machen und über tausend Telefo-ne sprechen, und wenn der amerikanische Präsident in seinem Flugzeug sitze und den Krieg beobachten wür-de – wenn mal Krieg überhaupt kommen sollte! – dann könnte der deutsche Bundeskanzler, der Kohl, oder wer das auch gerade ist, mit dem amerikanischen Präsiden-ten sprechen. Und das alles laufe über den Postbunker in Staffel. Gebaut worden sei der in den sechziger Jah-ren, als auch der Regierungsbunker gebaut wurde.

»Und da geht ein Stollen rüber zum Regierungsbun-ker?«

Sie schüttelte den Kopf und sagte: »Nein. Da geht kein Stollen rüber.«

»Aber vielleicht geht da doch ein Stollen zur Ahr run-ter. Vielleicht wissen Sie das nicht.«

»Das wüsste ich genau«, sagte sie ruhig. »Denn die Männer würden hier beim Bier drüber reden und dann wüsste ich es.« Das kam sehr ruhig und sehr sicher und sie war rundherum glaubhaft.

»Wissen Sie, ob es in Dernau ein KZ gab?«

»Aber sicher. Da wurde doch diese Rakete von Hitler gebaut. Und da waren Arbeitslager und da war auch ein KZ. Die Leute erinnern sich genau, aber sie sprechen nicht oft drüber. Jupp sagt, sie wollen das vergessen. Aber vielleicht war es auch kein richtiges KZ. Also von Vergasung und so habe ich nichts gehört. Kann aber sein, dass das alles war. Es ist ja viel gewesen, was man nicht erfahren hat.«

»Was macht denn der Jupp so, wenn er nichts zu tun hat?«

»Tja, man kann ja nicht sagen, dass er gar nichts zu tun hat. Aber er hat immer hart gearbeitet und nun lacht er über diesen Rentnerjob. Er sagt immer Rentnerjob. Sie gehen mit den Hunden auf den Wegen über dem Regierungsbunker spazieren. Also durch die Weinberge. Und sie haben Funkgeräte bei sich. Und wenn irgendetwas unklar ist, funken sie die Dienststelle unten in Marienthal an und sagen, dass was unklar ist. Aber meist ist alles klar.«

»Kommt Ihr Jupp denn in den Bunker rein, wenn es scheppert?«

»Das weiß er nicht. Und weil er das nicht weiß, denkt er, dass er auf keinen Fall reinkommt. Er ist ja schon ein alter Mann.« Sie starrte auf den Boden und ihr Gesicht war sehr weich.

Ich fuhr und sah mir den Postbunker an. Hinter einem unsagbar hässlichen, kastenähnlichen Mietshaus, dass so aussah, als bestünde es zu hundert Prozent aus

Plastik, führte ein sehr massiver, aus Lavablöcken gemauerter Eingang in den Berg. Die Fugen zwischen den Blöcken waren hell getönt. Er wirkte freundlich und spielzeughaft, als habe jemand im Stil der Jahrhundertwende einen Tunnel für seine Modelleisenbahn gebaut. Später sagte mir ein Postbediensteter, die Blöcke seien Fassade, dahinter stecke meterdicker Stahlbeton.

In Staffel fiel mir ein, dass ich etwas vergessen hatte. Ich wendete und fuhr zurück. Grete, so hieß sie, war noch da und es war kein anderer Gast da außer mir. »Es interessiert mich und ich habe vergessen, danach zu fragen. Ist der Regierungsbunker in Marienthal und Dernau eigentlich mit Bonn verbunden?«

»Aber ja. Die Männer sagen das. Sie sind nämlich unzufrieden, dass sie keinen Stollen rüber nach Marienthal haben. Aber nach Bonn zu irgendeinem Minister geht das ja wohl. Das sagt jeder.«

»Und wissen Sie auch, wie die Toten in diesem Postbunker beerdigt werden, wenn mal Krieg ist?«

»Ja, ja, jedenfalls weiß ich das von den Männern. Und das war ja auch im letzten Krieg ein Problem, wenn der Boden steinhart gefroren war und wir auf der Flucht kein Grab schaufeln konnten. Also die sagen, dass es da Räume gibt, in die nur der Chef kommt. Also der Mann von der NATO oder der Postchef. Und sie sagen, dass da Seife ist oder so was. Da löst der Körper sich auf und wird weggespült in den Kanal. So was muss es ja geben, aber gesehen habe ich solche Räume nicht. Ich bin nur die Putzfrau und mir zeigt man nicht alles.«

Ich bin gegangen. Es war sehr kalt geworden. Wahrscheinlich war es das Beste, ins Hotel zurückzufahren, eine Wanderkarte zu nehmen und darauf einzuzeichnen, wie der Bunker der Bundesregierung verlief. Es gab einen unklaren Punkt, der immer deutlicher wurde: Wenn die Strecke zwischen Dernau und Marienthal auf der Straße gemessen nur etwa einen Kilometer betrug, und wenn die Strecke zwischen Marienthal und Bad Neuenahr/Ahrweiler nur zwei Kilometer betrug, wie konnten in diesen Streckenabschnitten dreißig Kilometer Hauptstollen gebaut worden sein? Nach unten, senkrecht nach unten? Unter der Ahr hindurch in die Berge rechts des Flusses? Das wäre wiederum die Richtung Staffel gewesen. Also senkrecht nach unten? Ich musste Günther anrufen, er verstand eine Menge vom Tiefbau.

Ich erwischte ihn aus einer Telefonzelle. Er sagte gequält: »O nein, ich habe keine Zeit.«

»Aber ich habe ein Problem. Wenn die Strecke zwischen zwei Punkten rund dreitausend Meter lang ist, ich zwischen diesen Punkten aber eine gekrümmte Linie unter Bergen ziehen kann, ist es möglich, auf dieser Strecke dreißig Kilometer Stollen unterzubringen? Vielleicht ist die Strecke fünf bis sechs Kilometer lang. Wie geht das?«

Er sagte: »Noch mal, bitte! Deine Probleme haben immer etwas Phantastisches. Natürlich kann ich auf rund fünftausend Meter dreißig Kilometer Stollen unterbringen. Ich gehe einfach in die Tiefe. Aber das ist verdammt teuer.«

»Der Bauherr hatte wahrscheinlich unbegrenzte Summen zur Verfügung.«

»Stell ihn mir vor.« Er lachte wieder. »Im Ernst, wer ist es?«

»Die Bundesregierung.« Ich setzte ihm auseinander, mit welchem Problem ich zu tun hatte.

»Sie werden nicht allzu tief nach unten gegangen sein, denn dann haben sie das Problem der Beförderung innerhalb der verschiedenen Ebenen. Nehmen wir an, sie haben unbegrenzt Geld und brauchen auf zehn Millionen nicht zu schauen. Sie werden trotzdem versuchen, so viel Fläche wie möglich auf einer Ebene unterzubringen. Das hat ganz einfache Gründe, innerbetriebliche sozusagen. Ist das wahr? Wirklich dreißig Kilometer Hauptstollen?«

»Diese Tatsache ist ziemlich verlässlich. Was kostet ein Kilometer?«

»Kann man nicht sagen. Ich müsste wissen, wie dick der Stahlbeton liegt. Aber das sind nicht die Hauptkosten. Sehr hohe Kosten entstehen bei der Vermantelung dieser Grundmaterialien. Also beispielsweise Kunststoffüberzüge. Danach musst du fragen. Wieso willst du wissen, wie teuer das Ding war?«

»Weil es von Steuergeldern bezahlt wurde, von was sonst?«

»Du musst bei diesen Größenordnungen wahrscheinlich in Milliarden rechnen und nicht in hunderten von Millionen. Du musst dich an Größenordnungen halten, die ungefähr deiner Phantasie entsprechen.« Das sagte er in feinem Spott.

»Und du meinst wirklich Milliarden?«

»Sicher. Weißt du, wie viele Menschen in das Ding gehen?«

»Ich habe eine Zahl von dreitausend.«

Er schwieg einen Moment und sagte dann: »Die Zahl kann nicht stimmen, oder aber der Bunker enthält etwas anderes, wovon du noch nichts weißt. Dreitausend sind bei einer Stollenlänge von dreißig Kilometern geradezu lächerlich. Denke mal nicht an Stollenlänge, denke mal an Straßen. Das ist genau dasselbe. Eine Stadt mit dreißig Kilometern Straßen hat viel mehr als dreitausend Einwohner. Irgendetwas stimmt da nicht.«

»Tu mir einen Gefallen: Rechne mal aus, wie teuer so ein Stollen ist. Wie teuer kommt ein Kilometer Stollen, wenn du nicht sparen brauchst. Also sozusagen super de luxe. Ich rufe dich wieder an.«

»Moment, Moment, wie groß sind denn die Stollen?«

»Das weiß ich nicht. Sie haben angefangen mit einem ganz normalen Eisenbahntunnel.«

»Dann habe ich einen Hinweis«, sagte er. »Und noch etwas ist für diese Berechnungen wichtig. Ich muss wissen, auf wie viel Ebenen das liegt, weil die Fahrstühle zwischen einzelnen Stockwerken, in denen man ja auch Lasten transportieren können muss, ziemlich teuer sind. Da stimmt in deinen Annahmen etwas nicht. Du musst versuchen, eine Fläche zu finden, die den Planern möglichst gelegen kam, verstehst du?«

»Nein.«

»Ganz einfach. Versuche an Ort und Stelle herauszufinden, in welche Richtung die ihre Stollen getrieben haben. Da, wo sie am meisten Platz hatten, werden sie am weitesten vorgetrieben haben. Biete mir waagerecht liegende Flächen und ich baue dir eine Traumstadt unter den Bergen.«

»Vermutlich ist es schon eine Traumstadt«, sagte ich. Ich spürte deutlich, dass er gern sein Büro verlassen hätte, um mit mir zu recherchieren.

Es war zu kalt, um weiter zu telefonieren. Ich fuhr nach Mayschoß in eine Kneipe und bestellte mir Tee. Der Wirt stellte mir das Telefon auf die Theke, ich war irritiert. Ich hatte nicht daran gedacht, dass ich vor Zeugen schlecht telefonieren konnte. Aber dann war es gleichgültig. Ich rief Bernd beim SPIEGEL an, er war vermutlich der einzige, der mir jetzt schnell und glatt helfen konnte.

»Ich brauche etwas von dir. Gibt es eigentlich viele Leute, die einen Etat der Bundesregierung ohne Schwierigkeiten lesen können?«

Er war verblüfft. »Was soll das? Es gibt viele Leute. Aber nachfragen muss man immer, weil man nie weiß, was diese oder jene Summe exakt bedeutet. Es ist auch schwer herauszubekommen, wo die Überlappungen zwischen den einzelnen Ministerien liegen.«

»Ich verstehe. Also Beispiel: Wir haben einen Bunker, der im Ernstfall nach meiner Vorstellung im NATO-Bereich liegt, also irgendwo im Bereich des Verteidigungsministeriums. Im Friedensfall, und den haben wir angeblich jetzt, ist aber das Innenministerium federführend, weil der Bunker auch dem Amt für Zivilschutz untersteht. Und dieses Amt gehört zum Bundesinnenministerium. Der Chef wird aber im Ernstfall der Verteidigungsminister sein. Aber so ganz klar ist die Lage nicht. Denn auch der Bundeskanzler wird da unten sein, Bundespräsident und auch das Notparlament und auch der Bundesgrenzschutz und so ...«

»Also der Regierungsbunker. Machst du die Geschichte für uns?«

»Nein. Ich frage mich, weshalb ihr keine Geschichte darüber habt. Keine vernünftige, meine ich.«

»Wahrscheinlich Weisung von irgendwem«, sagte er.

»Oder irgendein Agreement. Was ist von dem Ding bekannt?«

»Eben nichts. Und nun hör zu ...«

»Halt, stop mal. Sag mir erst, für wen du das machst.«

»Für ein Buch, nicht für euch.«

»Kann ich das Manuskript lesen?«

»Geht nicht. Und jetzt hör zu. Da stehen Millionen auf dem Papier, umkränzt von merkwürdigen Ziffernkolonnen und Buchstaben. Kein Mensch hat früher gewusst, was das heißt. Wisst ihr das heute?«

»Nicht immer, aber meistens. Wann ist denn der Bunker gebaut ...«

»Darum geht es. Der Bau wurde 1961 gestartet, wahrscheinlich waren also die Planungen schon ein Millionending. Gebaut wurde zehn Jahre. Jetzt sag mir was dazu.«

»Gib mir dein Manuskript, wir machen einen fairen Deal.«

»Das geht nicht, Mensch. Sag mir, wie war das in den sechziger Jahren?«

»Ich vermute, dass der Bunker praktisch ohne jede Kontrolle gebaut werden konnte. Ich wette auch mit dir, dass du annähernde Kosten herauskriegst, aber niemals endgültige. Denn damals brachte man unter sehr diffusen Zusammenhängen noch alle möglichen haushohen Posten im Etat unter. Ich weiß es von meinem Vorgänger. Wenn die hinter allen dubiosen Sachen hergegangen wären, die im Etat standen, hätten wir jede Woche zwei Ausgaben rausbringen müssen. In deinem Fall haben wir es mindestens mit zwei, aber wahrscheinlich drei Kostenträgern zu tun: Dem Innenministerium, dem Verteidigungsministerium, aber möglicherweise auch mit dem Etat des Wirtschafts- oder Finanzministeriums. Denn Kosten für derartige, eigentlich supranationale Bauwerke, die im Rahmen der NATO relevant sind, haben die damals liebend gern aufgeteilt zwischen den unmöglichsten Posten der unmöglichsten Ministerien. Erinnere dich bitte an den Atomminister und an derartige Späßchen.« Er wurde vertraulich: »Sag mir, wer du bist und ich sage dir deinen Preis.«

»Geht nicht.«

»Dann sage mir, wie groß der Bunker ist und ich sage dir, ob wir damit aufmachen können. Mit deiner Geschichte natürlich.«

»Geht nicht. Sage du mir, ob ich eine Chance habe, herauszufinden, wie teuer das Ding war.«

»Du hast keine ernsthaften Chancen. Zehn Jahre Bauzeit für einen Bunker, ich werd verrückt. Weißt du wenigstens die Unterhaltskosten im Jahr?«

»Nicht die Bohne weiß ich. Ich dank dir schön.«

»Wo bist du zu erreichen?«

»Überhaupt nicht.«

Es waren vier Männer in der Kneipe, die ihren auf einer Heizplatte angewärmten Rotwein von der Ahr tranken. Sie waren still und hatten feindselige, harte Augen. Und natürlich waren sie zu viert sehr stark.

»Ich möchte das Telefon zahlen.«

»Schnüffler«, sagte einer von ihnen. Er war lang und dünn und sah magenkrank aus.

Ich zahlte das Telefon, grüßte freundlich und ging hinaus. Ich hatte Angst. In Rech, Dernau und Marienthal ging ich zwei Stunden lang in sechs verschiedene Kneipen, trank eine Unmenge Tee und unterhielt mich mit Wirten und Handwerkern. Ich fragte nicht nach dem Bunker oder nach irgendetwas, das damit in einem Zusammenhang stand. Sie sollten sich an mein Gesicht gewöhnen. In Rech war ein Hotel abgebrannt und viele von ihnen hielten das für Brandstiftung. Es gab viel Unterhaltungsstoff. Dann fuhr ich zu Otto. Sie saßen in der Küche beim Essen und ich kannte außer Otto und seiner Frau keinen von ihnen. »Ich warte im Wohnzimmer auf dich«, sagte ich.

»Jaja, ich komme sofort.« Es herrschte eine feindselige Stimmung. Otto grinste, als er kam. Er sagte: »Mein Schwiegersohn ist ein Autonarr. Er hat seinen Wagen heute Nachmittag zu Schrott gefahren und behauptet, ein Reifen wäre geplatzt. Der Sachverständige hat gesagt, der Reifen wäre wirklich geplatzt. Aber natürlich erst dann, als mein lieber Schwiegersohn die Karre gegen einen Baum gesetzt hat. Da machste was mit.«

»Ich bin müde. Ich bin den ganzen Tag hinter euren Bunkern hier hergesaust. Zwischen Staffel und dem Regierungsbunker gibt es übrigens keinen Stollen.«

»Keinen Stollen? Ach, das ist ja interessant. Willst du einen Wein? Ach nein. Kaffee? Auch nicht? Gut. Ich wollte dir nur sagen: es gab zwei KZs.«

»Du machst mich fertig. Du verfährst nach dem Prinzip: immer noch einen drauf.« Ich musste lachen. »Entschuldige, aber das ist schon fast komisch. Und wo war das zweite KZ?«

»Zwischen den Weinbergen in Marienthal. Im Tal von Marienthal. Die Haupteingänge des Bunkers liegen an der sogenannten Klosterstraße, die hast du ja wohl gesehen, da bist du ja wohl gewesen. Das ist doch ein Tal. Da wo der Haupteingang des Bunkers ist, war früher ja der Tunneleingang. Und genau da lag das KZ. Also da, wo jetzt das Auto vom Bundeskanzler parkt, wenn er im Bunker ist und mit dem Wagen gekommen ist.«

»Warum hast du mir das nicht gesagt?«

»Das wusste ich wirklich nicht. Ich habe einen Bekannten angerufen. Ich wollte den nach einigen Sachen fragen. Ich hatte dir doch versprochen, Freunde anzurufen. Wir haben über das KZ in Dernau gesprochen und da sagte er plötzlich: Wir hatten ja in Marienthal auch ein KZ. Bereits vor Dernau hatten wir eines. Und da erinnerte ich mich, dass ich früher davon gehört habe. Aber das KZ in Marienthal ist von Bomben zerstört worden. Das muss 1944 gewesen sein. Die Sache war so: Eine Firma aus Koblenz, die was mit Bau oder Straßenbau zu tun hatte, war hier tätig. Und zwar am Tunnel oder im Tunnel. Also da, wo die Hitlerschen Wunderwaffen zusammengesetzt wurden …«

»Wie heißt die Firma?«

»Das weiß ich nicht. Aber es kann nicht schwer sein, das herauszufinden. Die hatten also da im Tal ein kleines Barackenlager aufgestellt und die KZ-Häftlinge wurden aus Buchenwald angeliefert. Du weißt, wie die Landschaft da aussieht und du weißt auch ungefähr, was 1944 da los war. Ich frage mich, wieso die überhaupt auf die

Idee gekommen sind, ausgerechnet 1944 hier in alten Eisenbahntunnels diese Waffen zusammenzusetzen. 1944 näherten sich aus Westen bereits die Alliierten, die Landung in der Normandie war gelaufen. Natürlich wollten die Alliierten, vor allem die Amerikaner und Engländer, die Nachschubwege und Nachschubtransporte lahmlegen. Und, ein paar hundert Meter vom Tunnel entfernt, kreuzen drei sehr wichtige Eisenbahnbrücken die Ahr. Also haben die wie die Verrückten, das hatte was mit der Ardennenoffensive zu tun, diese drei Brücken bombardiert. Sie haben sie auch total zusammengebombt. Aber dann war ja in den Tunnels noch die Montage der Wunderwaffen. Und das haben die Alliierten auch gewusst. Sie hatten also nur das eine Ziel: die Tunneleingänge zu treffen, damit die verschüttet wurden. Du kennst ja das Tal in Marienthal. Das ist schmal und schwer anzupeilen. Ich schätze, dass es unten am Grund nicht breiter als hundert Meter ist, mit sehr steilen Berghängen. Trotzdem haben die Piloten das irgendwie geschafft. Aber den Tunneleingang trafen sie nicht, sie trafen das KZ. Es wurde völlig zerstört. Glücklicherweise wurde kein Häftling getötet oder verletzt, denn die waren alle im Tunnel an den V1 und V2. Und was dann passierte, ist eigentlich logisch. Sie verlegten das KZ und legten es in Dernau auf den Damm. Da lag es etwas abseits vom Tunnelausgang und etwas weg von den Häusern. Das war also nicht so gefährlich. So hat eben jeder sein KZ gehabt. Die Marienthaler und die Dernauer.«

»Jetzt haben wir also zwei KZs. Und darauf haben die einen Regierungsbunker gebaut. Sag mal, gab es in den KZs Tote? Ich meine durch Totschlagen?«

»Da ist was«, sagte er ernst, »aber das will ich dir hier nicht sagen. Hier kann sich jeder vor die Türe stellen und zuhören und das ist mir doch ein bisschen zu gefährlich. Ich habe mit zwei alten Freunden gesprochen. Da ist was mit Totschlagen. Hast du schon rausgekriegt, was aus diesem SS-Mann Gerhard Axer in Unkel geworden ist?«

»Noch nicht. Und wie willst du mir das mit dem Totschlagen erzählen?«

»Na ja, wir könnten ja mal in die Schäferkarre nach Altenahr fahren. Das ist ein altes Weinlokal. Ganz schön teuer und ganz schön kitschig. Die verkaufen meinen besten Wein, das Zehntel für fast zehn Mark. Da gibt es ein sogenanntes ›Gehäufeltes Schnitzel‹. Hört sich wirklich toll an, nicht. Na ja, die Weinkarte und die Speisekarte und das Glas, aus dem du trinkst, das kannst du alles für bares Geld mit nach Hause nehmen. Also ich habe mal so ein gehäufeltes Schnitzel bestellt. Was glaubst du, was das war? Ein stinknormales Schnitzel. Oben drauf hatte der Koch eine Mischung aus geröstetem Brot, Zwiebeln und durchwachsenem Speck gehäufelt. Das ist das ›Gehäufelte Schnitzel‹.«

Wir fuhren nach Altenahr in das Restaurant, wir aßen das ›Gehäufelte Schnitzel‹, es schmeckte ausgezeichnet und Otto trank seinen eigenen Wein. »Das ist eine Einladung. Das bezahlst du. Ich kann doch nicht meinen eigenen Wein saufen und dann auch noch so viel Geld dafür bezahlen.«

»Gut, ich bezahle. Sprich von den Toten.«

»Also hinter dem Axer musst du her sein, ob der was mit diesen Menschen zu tun hat, kann ich nicht sagen.

Bei der ersten Sache war eigentlich ganz Dernau Zeuge. Und zwar lag im Sommer 1944 zwischen dem KZ und dem Tunneleingang zwei oder drei Tage lang ein Mann tot auf einem der Dammpfeiler. Du weißt, was ich meine? Also der Damm der Eisenbahn, die aus dem Tunnel herauskam, ist ja durch Pfeiler im Berg gestützt. Und die Leiche lag tagelang auf einem dieser Pfeiler. Das hat damals jeder gewusst und ein paar sind hingelaufen und haben nachgesehen. Aber unternommen haben sie nichts. Das darf man auch nicht übel nehmen, denn die dachten ja, das sei ein Opfer der SS-Männer aus dem KZ. Und da trauten sie sich natürlich nicht, etwas zu sagen. Ich gebe dir den Namen des Mannes, der damals als Junge diesen Toten betrachtet hat. Der Tote hatte mittleres Alter und es wird immer behauptet, es sei ein Luxemburger gewesen. Das ist der eine Fall und er ist wohl harmlos im Vergleich zu dem zweiten Fall. Der zweite Fall ist schon schlimmer, aber schreibe dir erst mal den Namen des Mannes auf, der den Toten sah.« Er gab mir den Namen und ich steckte den Zettel zwischen Geldscheine, um dieses Kapitel nicht zu vergessen.

»Und jetzt der zweite Fall und schreib dir mal gleich den Namen auf, damit du den nicht vergisst. Du kannst den Mann fragen, darfst aber nicht sagen, dass ich dich geschickt habe. Manchmal redet er nämlich drüber, wenn er irgendwo rumhängt und sich einen angesoffen hat.« Er gab mir auch diesen Namen und erzählte: »Das war auch 1944, aber das müsste man noch genau ausrechnen. Es gibt einen zweiten Zeugen, auch ein Mann von hier. Aus Rech. Der war auch dabei. Das kann auch

Anfang 1945 gewesen sein, es kommt darauf an, wie lange das KZ in Dernau bestand. Es war Sommer – Moment, dann muss es 1944 gewesen sein, denn im Sommer 1945 war der verdammte Krieg ja vorbei. Also, die Jungens spielten immer in den Weinbergen. Und natürlich auch um das KZ herum. Und sie kannten die Wachmannschaft vom KZ, mit Vornamen, manche auch mit Familiennamen. Dieser Zeuge war 1944 zwölf Jahre alt, sein Freund war genauso alt. Die strolchten da oben rum. Und nun kam es zu einem schlimmen Vorfall: Da schoben Häftlinge aus dem KZ eine volle Lore. Da war Dreck drin und Steine. Ich weiß nicht, ob das Zeug aus dem Tunnel war oder aus dem Weinberg. Jedenfalls war die Lore schwer. Da war ein junger Mann. Nach den Zeugenaussagen war er siebzehn bis achtzehn Jahre alt. Er gehörte zu den Häftlingen. Er hatte irgendetwas am Fuß oder an einem Bein. Er humpelte. An einen Verband am Fuß oder am Bein können sich die Zeugen nicht erinnern. Er konnte kaum gehen. Und wie die Lore sich gerade in Bewegung setzt, will dieser Junge danach greifen, um zu schieben. Die Lore gleitet vor ihm weg und er fällt vornüber in den Dreck. Er konnte sich nicht mehr abfangen, verstehst du? Ein dicker SS-Mann stand daneben. Der griff seinen Karabiner verkehrt herum und schlug dem Jungen den über den Schädel. Der Schädel platzte auf, da war viel Blut. Der Junge kam noch mal hoch, taumelte und dann fiel er rückwärts hin. Der Zeuge sagt, dass er blutverschmiert liegen blieb, wie ein Mensch, der ans Kreuz genagelt worden ist. Der muss tot gewesen sein, obwohl sie das nicht sicher wissen. Ehe sie nun in panischem Entsetzen durch die Weinberge wegrannten, hörten sie, wie der SS-Mann sagte: ›Kroppzeug. Von dem Kroppzeug haben wir genug. Das muss weg!‹ Dann rannten sie weg. Der SS-Mann, das wissen sie noch genau, sprach kölschen Dialekt. Sie haben sich tagelang nicht mehr da raufgetraut, niemand hat sich darum gekümmert, was aus diesem Jungen geworden ist, der das Gewehr über den Schädel kriegte.« Er machte eine Pause und sagte dann: »Aber wenn man die Zahlen von Belzec weiß und Mauthausen, wenn man von sechs Millionen toten Juden weiß, dann interessiert vielleicht dieser eine aus den Weinbergen hier nicht so sehr.«

»Ist dieser Zeuge jemals vernommen worden?«

»Mit Sicherheit nicht. Das hätte er gesagt.«

»Er hat sich also auch nicht nach dem Krieg irgendwo gemeldet, um eine Aussage zu machen?«

»Nein. Und er redet immer nur dann darüber, wenn er einen leicht im Tee hat. Das scheint immer noch ziemlich in ihm zu arbeiten. In früheren Jahren hat er sogar den Vornamen und den Nachnamen von dem SS-Mann gewusst, angeblich weiß er die Namen jetzt nicht mehr.«

»Hat er Angst, dazu vernommen zu werden?«

»Ja, sicher hat der Mann Angst. Da hat doch jeder Angst, oder?«

»Wahrscheinlich. Aber nur deswegen, weil die Dorfgemeinschaft der Meinung ist, er soll die alten Geschichten ruhen lassen. Auch dann, wenn es ein glatter Mord war. So gehen wir mit unserer Geschichte um, das scheint normal zu sein.« Der Wirt kam an unseren Tisch und sprach mit Otto über Dinge, die ich nicht verstand. Ich las in der Weinkarte. Ich las markige Sprüche. »Tu den Mund nicht unnütz auf. Sag was Rechtes, oder sauf!« oder »Du Trank der Kraft, du alter Wein/ Sollst ewig mein Berater sein« oder »Und wenn du einen Onkel hast, und der hat gute Weine, dann achte, dass er dich nicht hasst, sonst trinkt er sie alleine!« Die Weinkarte wurde dem Gast für zwölf Mark das Stück angeboten, ebenso jedes Glas, aus dem er trank.

Ich bezahlte und wir gingen. Von Otto aus rief ich Peter an und sagte, ich könne nicht mehr kommen, ich führe ins Hotel. Auf seine Frage sagte ich, ich hätte ziemlich viel erfahren, aber zunächst müsse ich das aufschreiben. Dann fuhr ich in das Hotel und schlief über einer Illustrierten ein. Ich wurde nach zehn Stunden wach und hatte mich nicht einmal ausgezogen. Ich brauchte weitere fünf Stunden, um den Tag zu notieren.

Der 10. Dezember 1983

Irgendwann wurde mir schlecht und ich dachte erheitert, dass ich nicht einmal eine Tasse Kaffee getrunken hatte. Ich rief die alte Dame an und verhandelte mit ihr über Bratkartoffeln und Heringe in Mayonnaise.

»Sind Sie schwanger?«

»Vielleicht. Ich muss meinen Arzt fragen. Haben Sie Enkel, die hier auf das Gymnasium in Sinzig gehen?«

»Ich kann mit allem dienen, auch mit Enkeln. Was wollen Sie von meinem Enkel? Der ist siebzehn und hält die Welt für ein Irrenhaus.«

»Erstaunliche Richtigkeit. Sagen Sie ihm, er möge doch einmal kommen und mir auf die Frage Antwort geben, was er über KZs weiß und Adolf Hitlers Ideen vom lebensunwerten Leben.«

»Schon wieder das!«

»Und unterschlagen Sie die Heringe nicht.«

Während ich aß, kam der Enkel, setzte sich auf einen Hocker und wirkte aufmüpfig.

»Ich möchte Sie fragen, was Sie in diesem Gymnasium in Sinzig über KZs im Dritten Reich lernen.«

»Irgendetwas Spezifisches, oder Allgemeines?«

»Zuerst das Allgemeine.«

»Na ja, Vernichtungslager. Ich kann sie auswendig. Ein paar jedenfalls. Insgesamt sechs Millionen Juden umgebracht, stand vorher alles eigentlich in Hitlers MEIN KAMPF zu lesen, aber wirklich gelesen hat das Buch wahrscheinlich keiner, obwohl es Millionenauflage hatte. Es gab auch medizinische Versuche an jüdischen Mitbürgern ...«

»Sie sagten etwas von jüdischen Mitbürgern. Hatten Sie hier in Bad Breisig jüdische Mitbürger? Oder gab es in Sinzig jüdische Mitbürger?«

»Es gab eigentlich überall jüdische Mitbürger. Die sind bereits vor dem Krieg oder in den ersten Jahren des Krieges verschwunden. Das machte erst die Bevölkerung auf die KZs aufmerksam.«

»Kennen Sie Dernau?«

»Dernau an der Ahr?« Er grinste. »Ja, aber aus einem anderen Fach. Da wurde 1925 eine Weinbaudomäne gegründet. Da gibt es auch eine Schule für Winzer, zur Stärkung der heimischen Industrie. Wieso wollen Sie das wissen?«

»Das ist nicht alles über Dernau und Marienthal. In Marienthal gab es ein KZ. Das wurde bombardiert. Dann wurde das KZ im benachbarten Dernau wieder aufgebaut. Und es gab dort wahrscheinlich zwei Tote. Wahrscheinlich mehr, das weiß ich nicht. In alten Eisenbahntunnels in Marienthal und Dernau stellten diese KZ-Häftlinge Hitlers sogenannte Wunderwaffen zusammen, die V1 und die V2. Haben Ihre Lehrer Ihnen jemals etwas davon gesagt?«

»Nein.« Er war sehr verwirrt. »Ist das wahr?«

»Ja. Aber schlagen Sie Ihre Lehrer jetzt nicht tot. Wahrscheinlich wissen die auch nichts, obwohl sie sich eigentlich darum kümmern sollten.«

Er ging und ließ mich mit dem ekelhaften Gefühl zurück, den Zeigefinger erhoben zu haben. Ich rief Otto an und sagte, die Recherchen seien schwierig, weil sie auf total getrennten Gebieten lägen. Ob er wisse, wer über die Juden an der Ahr gut informiert sei.

»Ja. Da gibt es eine junge Lehrerin, ein hübsches, attraktives – so nennt man das wohl – Ding. Aber die ist recht radikal und die will weg hier. Die weiß viel, die hat sich darum gekümmert. Angeblich ist sie mal aus einem Archiv herausgeflogen, weil sie immer und überall Stunk macht. Aber so was brauchst du ja wahrscheinlich. Sie heißt Helge, also hinten mit e. Helge Strauch oder so ähnlich. Aber ich kann dir sagen, wo sie wohnt. In Ahrweiler ist das. An der Kirche. Ich beschreib das mal. Und sag um Gotteswillen nicht, dass du von mir kommst. Die hält mich für einen alten Nazi.«

»Wie kann dich jemand für einen alten Nazi halten?«

»Ganz einfach. Jeder, der glaubt, dass wir Alten alle alte Nazis sind, muss mich auch für einen halten.« Er lachte genüsslich. »Mach es gut, Junge.«

Wenig später fuhr ich los. Es regnete unentwegt, die Welt war grau und fade. Helge war blond, wirkte ein wenig massig, aber wirklich hübsch. »Wer immer Sie sind, kommen Sie herein.«

»Nicht so direkt«, sagte ich. »Wissen Sie etwas über die Juden in Dernau und Marienthal?«

»In Marienthal gab es keine«, sagte sie. »Aber es gab welche in Dernau. Alle tot. Vergast und gestorben und wahrscheinlich umgebracht.«

»Bär?«

»Richtig. Die Familie Bär. Komische Sache, komische Totenscheine, komische Todesarten, komische Todeszeiten, komische Grabsteine.«

»Dann darf ich mal reinkommen?« Sie hatte eine hübsche kleine Wohnung mit vielen Büchern und vielem liebevollen Krimskrams. »Wie kommen Sie dazu, sich mit den Juden hier zu beschäftigen?«

»Eigentlich durch die Familie Bär. Ich wollte für meine Klasse am Beispiel einer Judenfamilie aufzeigen, wie es denen so während des Dritten Reiches ergangen ist.«

»Haben Sie einen guten Stoff gefunden?«

»Das schon, aber ich habe mich nicht getraut, ihn mit meiner Klasse durchzusprechen. Ich habe nämlich Sachen entdeckt, die ich nicht gut finde, oder komisch, um dieses Wort wieder zu gebrauchen. Wollen Sie etwas trinken? Kaffee, Tee, Bier?«

»Tee bitte. Also ich arbeite an einem heiklen Stoff. Am Regierungsbunker.«

»Sehr heikel, sehr richtig. Und wieso die Juden?«

»Weil es zuerst ein KZ in Marienthal gab, dann eins in Dernau.«

»Also doch! Wann, in welchem Jahr?«

»Mit Sicherheit 1944. Erzählen Sie mir von der Familie Bär.«

»Darf ich fragen, wer Sie sind und wie Sie heißen und so und was Sie eigentlich wollen?«

Während ich ihr Auskunft gab, stellte sie Wasser für den Tee auf und setzte sich dann auf die Bettcouch und zog die Beine an. »Gut, das ist ein tolles Thema, wenn Sie sich Zeit nehmen. Aber was haben die Bärs damit zu tun? Die leben nicht mehr oder vielmehr lebt der Rest in New York und ist in relativer Sicherheit. Was haben diese Bärs mit dem Regierungsbunker zu tun? Antisemitismus gab es immer und überall.«

»Es geht um Dernau. Dernau hat vergessen, dass es ein KZ beherbergte. Nun hat es den Regierungsbunker und will partout vergessen, dass der auf einem KZ steht oder besser eigentlich auf zwei KZs. Und da frage ich mich, was man in Dernau eigentlich noch alles vergessen hat. Dernau steht hier nur stellvertretend, wenn Sie wissen, was ich meine.«

»O ja, im Verdrängen sind die meisterhaft. Also die Familie Bär ist sehr alt im Ahrtal. Die Familie hat einen alten Beruf, den der Vater auf Moses Bär weitergegeben hat. Sie waren Metzger. Aber sie hatten noch einen zweiten Beruf. Sie verliehen Geld. Ich denke, dass Sie wissen, warum die Geld verliehen haben?«

»Nein. Warum?«

»Dem Adel war es Jahrhunderte untersagt, Geld zu verleihen, die Handwerker durften es bei hohen Strafen auch nicht. Die Winzer hatten selbst nicht genug und also blieb das Geldverleihen nur einer Gruppe übrig: den Juden. Daher kommt das Geldverleihen bei den Bärs in Dernau. Der Moses Bär muss ein toller Mann gewesen sein. Er war sehr beliebt. Auch seine Frau Minna mochten die Leute. Und seine Schwester Emma, die bei ihm als Haushälterin arbeitete, war die Seele

vom Geschäft – von der Metzgerei, nicht vom Geldverleihen. Der alte Moses saß mit den Winzern in der Kneipe und drosch Skat. Sie haben ihn alle gemocht, aber
fast jede Familie hatte Geld bei ihm aufgenommen. Er
machte das recht diskret und sprach niemals davon. Bis
auf eine Nacht. In einer ganz bestimmten Nacht hat er
davon gesprochen. Aber nur einem Christenmenschen
gegenüber. Und der hat etwas aufgeschrieben. Dieses
Aufgeschriebene besitze ich.« Sie war ernst und hatte
plötzlich einen verkniffenen Mund.

»Das klingt nach einem Roman. Ich habe tausend Fragen, aber vielleicht stelle ich keine Frage, wenn Sie mir
die Geschichte des Moses Bär erzählen.«

»Die Geschichte des Moses Bär macht mich traurig,
nichts als traurig. Die nahmen ihm alles, und als er alles
gegeben hatte, ist er krepiert. Allein. Ganz bestimmte
Daten habe ich nicht, aber die sind eigentlich auch nicht
nötig, Sie können sie herausfinden. In dem Haus, in
dem heute der Konsumverein in Dernau sitzt, wohnte
die Familie Bär. Es war eine richtige deutsche, glück-
liche Familie, die Metzgerei lief mal gut, mal schlecht,
aber er hatte ja noch die Geldverleiherei. Also, es ging
ihnen gut. Sie hatten Kinder. Hier kommt es vor allem
auf zwei Kinder an: auf Siegfried Bär und auf Arthur
Bär. Sie sind vergast worden, das heißt Arthur, das war
der Ältere, der hat es gar nicht bis in die Gaskammer
geschafft. Der ›ist auf dem Transport verstorben‹ hieß
es in einer Mitteilung an die Eltern Moses und Minna
Bär. Ich und Sie wissen, was darunter zu verstehen ist.
Arthur war nervös und ist auf dem Transport wahrscheinlich – nun ja, er ist wahrscheinlich erschlagen

oder ertreten oder einfach abgeknallt worden wie ein Karnickel. Das passierte ja oft. Jedes Mal, wenn ich die Geschichte erzähle, werde ich traurig. Aber von Anfang an, soweit ich das weiß. Moses Bär war also beliebt bei den Winzern, weil er als Metzger gut war und weil er als Geldverleiher gut war. Er war auch bereit, einem Winzer, der in Geldverlegenheit war, irgendwo in der Eifel oder am Rhein zu treffen, damit niemand wissen konnte, dass der Winzer Geld brauchte. Moses Bär ist auch, soweit ich das weiß, niemals mit einer Geldforderung vor Gericht gegangen. Als Hitler an die Macht kam, wurde Moses immer stiller. Die Männer in Dernau versuchten, ihm Mut zu machen. Vor allem sagten sie: Mensch, Moses, komm weiter Skat spielen. Wenn die Nazis dir was wollen, erzählen wir denen schon was! Aber Moses kam im Laufe der Jahre immer seltener in die Kneipe zum Skatspielen und wurde von seinen Winzerfreunden auch immer seltener dazu aufgefordert. Der unverblümten Meinung des Herrn Hitler und seiner Anhänger, dass jeder Jude im Grunde genommen eine widerliche Ratte sei, die eigentlich kein Recht habe zu leben, konnte weder der Moses widerstehen, noch konnten das die Männer, denen der Moses Geld gepumpt hatte. Im Jahre 1942 kollabierte dieser Zustand plötzlich.« Sie goss Tee ein, aber wir tranken ihn nicht. Sie blieb vor dem Fenster stehen und starrte nach draußen.

»Das Datum weiß ich nicht. Halt, ich muss von der Frau des Moses erzählen, von Minna. Sie war eine wahre Dorfheilige, obwohl der damalige Pfarrer in Dernau das nicht so gerne hörte. Minna war nämlich die Frau, die bei jeder Geburt ganz bescheiden vor der Tür stand und erst mal der jungen Mutter eine kräftige Brühe brachte. Und Windeln und Creme für den wunden Po. Emma war die Frau, die alles genau wusste und alles managte: die Brühe für die jungen Mütter und die kleinen Gaben an Braten und Frischwurst, wenn irgendjemand sie brauchte. Im Jahre 1942 lebten diese Menschen vollkommen isoliert mitten in Dernau. Sie gingen nicht mehr einkaufen, sie sprachen mit niemandem mehr und es ist verbürgt, dass Moses Bär auf der Straße selbst seinen besten Freunden auszuweichen versuchte. Wenn dieser oder jener Freund das nicht duldete, dann sagte Moses ganz gequält: ›Mensch, sprich doch nicht mit mir, du machst dich doch unglücklich, wenn du dich auf der Straße mit mir unterhältst.‹ Das war Moses Bär. Im Jahre 1942 nun bekamen die beiden Söhne zu einem Datum, das mir unbekannt ist, den Befehl, sich nach Köln zu begeben, um von dort aus in ein sogenanntes Arbeitslager gebracht zu werden. Jeder wusste, was das hieß, aber sie hatten nicht die geringste Chance. Sie konnten auch nicht entfliehen. Wohin denn? Die üble Nachricht von Vernichtungslagern, Gaskammern und Massenmorden war auch zu Moses Bär und seiner Familie nach Dernau durchgedrungen, sie wussten genau Bescheid. Es gibt einen Zeugen, der unwiderruflich aufgeschrieben hat, dass sie das wussten. Und trotzdem hatten die Söhne noch Hoffnung, dass sie überleben würden, obwohl diese Hoffnung nach unserem Wissen geradezu irrwitzig genannt werden muss. Mann, trinken Sie einen Kognak mit?«

Ich sagte nein, und sie stand auf und goss sich einen kleinen Schluck Kognak ein. Dann berichtete sie weiter. »Wie gesagt, ich weiß das Datum nicht, aber da passierte was. Am letzten Abend vor ihrem Abtransport saßen die Bärs alle zusammen in der Küche. Es gab in Dernau einen Mann, der genau wusste, was bei denen los war, der die ganze Schweinerei und die ganze chaotische Situation dieser Leute kannte. Dieser Mann hatte keine Angst. Er hatte tausendmal und mehr mit dem Moses Skat gespielt, er dachte, es geht um Moses Söhne und ich kann Moses und Minna nicht alleinlassen. Er ging wirklich zu den Bärs, ging einfach hin, obwohl das halbe Dorf verfolgte, wie er durch Dernau ging und dann an der schmalen Straße in das Haus der Bärs. Das nenne ich zum Beispiel stilles Heldentum, das war nämlich damals stilles Heldentum.«

»Wer war dieser Mann?«

»Vielleicht sage ich Ihnen das, vielleicht auch nicht. Lassen Sie mich erzählen, wie das weiterging. Da saß nun der alte Moses mit seiner Frau und seiner Schwester. Und geweint hat er. Die Söhne wollten ihn beruhigen, aber er wollte sich nicht beruhigen lassen.

Und er sagte zu dem Dernauer, der sie besuchte: ›Mensch, Junge sei vernünftig und verschwinde wieder, irgendein Nazi schmiert dich an und du wirst morgen zur Parteileitung befohlen, weil du Mitleid mit uns gezeigt hast. Und du gehst dahin, wohin meine Söhne gehen, das weißt du.‹

Aber der Mann ließ sich nicht reinreden. ›Ich gehöre jetzt hierher‹, sagte er. So blieb er an dem Abend bis tief in die Nacht.

Moses weinte immer wieder und sprach davon, dass er diese Welt nicht mehr verstehe, dass er sich immer als Deutscher gefühlt habe, dass er nie etwas anderes als ein Deutscher gewesen sei. Dass nun die Deutschen begonnen hätten, die Juden zu töten und auszurotten, dass ihnen das gelingen werde. Und er sagte auch, dass er so nicht mehr leben wolle. Und dann sagte er, dass die Dernauer ihn zuletzt doch im Stich gelassen hätten, weil nämlich, verdammt noch mal, keiner von ihnen das Recht habe, sich selbst in ein KZ zu befördern, nur weil er Juden helfen wolle. Moses fand gute Worte für die Dernauer. Und dann sagte er grinsend, dass das ja eigentlich seine Familie sei, alle Dernauer sozusagen. Irgendwann holte er sein Schuldbuch heraus und dieser Besucher sah zu seinem fassungslosen Schrecken, dass fast alle Familien in Dernau dem Moses Geld schuldeten. Es waren keine hohen Beträge, aber das Dorf schuldete ihm Geld.

Machen wir uns nichts vor,« sagte Helge und stand plötzlich von der Bettcouch auf, »es war doch vollkommen klar: wenn die Familie Bär nicht mehr existierte, würde niemand wissen, wer dem alten Bär Geld geschuldet hatte. Aber darauf kam der späte Besucher zunächst nicht. Er war erschrocken, dass so viele sich Geld beim alten Moses geholt hatten. Irgendwann ging er dann und ließ die Familie allein. Am nächsten Tag waren die Söhne fort. Der Ältere erreichte nicht einmal die Gaskammer, Siegfried wurde vergast. Waren Sie am Judenfriedhof, haben Sie sich umgesehen?«

»Ich weiß, wo er ist, aber ich habe nicht angehalten.«

»Sie sollten hinfahren, fahren Sie mal hin. Da steht ein Grabstein, der mich verrückt macht. Da steht eingemeißelt: Moses Bär, geboren 1864, gestorben 1942;

Minna Bär, geboren 1873, gestorben 1942; Emma Bär, geboren 1866, gestorben 1942. Dann steht da noch: Im Gedenken an Arthur Bär, geboren 1901, gestorben 1942, Siegfried Bär, geboren 1904, gestorben 1942. Fällt Ihnen was auf?«

»Sind die Eltern und Emma auch noch vergast worden?«

»Nein. Moses, seine Frau Minna und seine Schwester Emma starben kurz nach der Deportation der Söhne an Grippe. Und zwar alle drei innerhalb von acht Tagen, alle drei zu Hause, also im gleichen Haus. Auf allen drei Totenscheinen steht: Grippe.«

»Und Sie vermuten etwas anderes?«

»O ja, ich vermute wirklich etwas anderes. In Dernau wurde nämlich während des Krieges und auch in den Jahren nach dem Krieg einwandfrei von Mord und Vergiftung gesprochen. Kann sein, dass alle drei an gebrochenem Herzen und einer Erkältung innerhalb einer Woche gestorben sind. Aber das ist doch sehr unwahrscheinlich. Und der Arzt, der die Totenscheine mit dem deutschen Wort Grippe ausfüllte und unterschrieb, ist der Sanitätsrat Dr. Habighorst aus Ahrweiler gewesen. Und der Mann war einwandfrei ein Gegner der Nazis und hätte wahrscheinlich bei keiner Schweinerei mitgemacht. Aber das brauchte er ja auch nicht, denn er kam ja erst, als jeweils der Tod eingetreten war. Selbst wenn er etwas anderes vermutete, er schrieb Grippe, denn zu beweisen gab es vielleicht nichts. Deshalb hat irgendein geduldiger Steinmetz oben auf dem Friedhof auch kein genaues Todesdatum eingemeißelt. Das würde doch jedem auffallen, oder?«

»Das ist mir alles ein bisschen zuviel. Wo liegen die Totenscheine?«

»In der Gemeindeverwaltung von Altenahr.«

»Und wer ist verantwortlich?«

»Ein gewisser Jakobs, mit c oder k, das weiß ich nicht. Vielleicht zeigt er sie Ihnen, vielleicht auch nicht.«

»Das muss ich erst einmal verdauen. Darf ich Sie wieder anrufen? Und noch etwas: Wer weiß Ihrer Meinung nach am meisten über den Bunker?«

Sie lächelte. »Der Typ, den ich gleich treffe. Mein Freund. Haben Sie Lust, mit uns morgen zu essen? Ich mache uns etwas Schönes. Ach, noch etwas: Das Schuldbuch vom alten Moses Bär ist verschwunden.«

»Ihr seid wirklich gut«, sagte ich. Ich fuhr in das Hotel und war bemüht, mich an jeden Punkt zu erinnern. Wenig später war ich in einem Fernfahrerlokal an der B 9 und sah mir einen Video-Streifen an, der leicht-geschürzte Mädchen in einer dämlichen Filmszenerie anbot. Aber ich sah nicht hin. Dieses Dernau lebte den totalen faschistischen Alltag. Ich dachte, ich würde mich übergeben können, aber das ging nicht.

Der 11. Dezember 1983

Sonntag. Bad Breisig bewegte sich träge. Ich fuhr zu meinem Vater und seiner Frau und sagte, ich hätte mich nicht melden können, weil der Bunker meine Zeit frisst.

»Ich dachte, sie hätten dich vielleicht eingesperrt«, sagte Elisabeth. »Da habe ich gedacht, dass ich dir dein Lieblingsessen Arme Ritter in den Knast bringe. Hast du Lust, mit mir nach Maria Laach zu fahren?«

Es war notwendig, vom bedrohlichen Bunker eine Weile Abstand zu gewinnen, es war notwendig auszuweichen, damit die vielen Fragen klarer wurden. Mein Vater, dem ich Bericht erstattete, wie man einem Verbündeten Bericht erstattet, atmete entsetzt und murmelte: »Mein lieber Mann, da werden sich die Leute an der Ahr aber nicht freuen.« Er wurde sehr nachdenklich und sagte, dass er nicht mitfahren wolle. »Hast du herausgefunden, wie lange dieses KZ in Dernau existiert hat? Und wie viele Menschen dort inhaftiert waren?«

»Das alles weiß ich nicht. Ich weiß definitiv, dass eines dort war, alle anderen Fragen habe ich zurückgestellt. Ich brauche einen großen Überblick. Das alles ist schwer und vielschichtig.«

Elisabeth sagte resolut: »Ich freue mich auf Maria Laach. Haben wir Zeit genug, dass ich in die Gärtnerei gehen kann? Ich brauche Blumen und ein paar Tannenzweige. Es ist Adventszeit, das hast du wohl vergessen? Wie geht es den Kindern?«

»Ich weiß es nicht, ich habe nicht angerufen. Ich mache das gleich.«

Später fuhren wir los, das Wetter war trübe, mein Vater wollte lesen, wenngleich er nicht den Eindruck machte, dass er sich konzentrieren könne. Er war sehr erschreckt.

In Maria Laach waren viele Menschen. Elisabeth wollte mit der Gärtnerei beginnen und ich war froh, hinter ihr hertrotten und mich auf die Blumen konzentrieren zu können. Sie kaufte eine Unmenge ein und schaffte das Zeug in den Wagen.

Irgendwann sagte sie: »Weißt du, wie es dem Pater Justinus geht? Wie alt ist er eigentlich jetzt?«

»Ich weiß es nicht, ich gehe mal hin. Ich treffe dich irgendwo.«

Ein Kleinkind heulte herzerweichend, ein Jugendlicher sagte seiner Freundin: »Scheiß-Maria-Laach. Alles zu teuer hier.« Eine Frau rief mit hoher Stimme: »Ernst, Ernst, kannst du mal vorne im Geschäft nachsehen, ob die Christbaumschmuck haben?« – »Haben die nicht, denke ich«, schrie der Mann zurück, der Ernst hieß. Dabei hielt er einen Kaktus hoch und betrachtete ihn gegen das Licht, als hätten die Mönche ein Verfahren zur Züchtung durchsichtiger Pflanzen entdeckt. »Lametta haben die doch nicht.« – »Ja, denn guck doch mal, verflixt«, schrie die Frau, und die Menschen um sie her lachten. Es war friedlich und normal.

An der Klosterpforte sagte ein junger Mann in dunkelbrauner Kutte: »Darf ich denn fragen, wer Sie sind?« Ich sagte es ihm und er sagte: »Soso, aus München hierhergekommen, um Pater Justinus zu besuchen. Na, der wird sich aber freuen.« – Dann wurde ich in das Besprechungszimmer gebeten. Justinus kam, lächelte, war herzlich und fröhlich, und ich dachte mit der immer wiederkehrenden Automatik: Verdammt, ich möchte hier leben, die haben Zeit für sich und ihre Fragen.

»Geht es dem Vater gut? Geht es seiner Frau gut? Wie geht es Ihrer Frau? Wie geht es den Kindern? Wie geht es Ihnen? Haben Sie gute Arbeit? Kommen Sie zurecht? Wie ist es Ihnen ergangen? Es ist sehr nett von Ihnen, hier vorbeizukommen.« So viele Priester haben den fragwürdigen Ehrentitel »Maschinengewehr Gottes« erhalten, der Pater Justinus hätte ihn verdient. Es kommt auf die Munition an, nicht auf die Geschwindigkeit des Sprechens.

»Es geht allen gut, mir geht es nicht so gut. Ich habe ein ekliges Thema.«

»Erzählen Sie. Sagen Sie mir, was Sie bedrückt.«

Ich erzählte ihm von dem Bunker. »Und zu allem kommt hinzu, dass in absehbarer Zeit ein sehr freundlicher Oberregierungsdirektor kommt und mir bei einer Tasse Kaffee erklären wird, dass ich das alles nicht niederschreiben kann, weil es sich bei dem Bunker um eine höchst geheime Sache handelt.«

»Mit anderen Worten, Sie glauben nicht, dass das Buch überhaupt erscheinen kann?«

»Mit anderen Worten, ich glaube nicht, dass es erscheinen wird. Vielleicht kommt ein Unterhändler, der freundlich fragt, wie viel Geld denn mein Verleger und ich investiert haben, um diese Sache zu machen. Dann bietet er uns Fürstliches und wir müssen schweigen.«

»Ich bin ein alter Mann«, sagte er. »Mein Herrgott wird mich in absehbarer Zeit abrufen. Ich möchte, dass einige Dinge, die ich begonnen habe, gut enden.« Er lächelte. »Es ist wahrscheinlich vermessen, ich habe mit Ihrem Buch nicht das Geringste zu tun. Aber ich möchte, dass es erscheint.« Er schüttelte erstaunt den Kopf. »Es ist wirklich bemerkenswert, was den Menschen einfällt, wenn es darum geht, eine Sekunde länger leben zu können. Können Sie eigentlich sagen, wie viel der Bunker gekostet hat?«

Er war sehr praktisch, er konnte in Zahlen denken, er gab sich nie halbherzig. Ein dutzend Mal habe ich in meinem Leben mit ihm gesprochen, es war jedes Mal Labsal für meine Seele, und nie sagte er: »Der Herr ruft dich, mein Sohn!« Er war ein guter Mann, dass er ein katholischer Priester war, hatte für mich die Bedeutung eines Zufalls.

»Ich weiß nicht, was der Bunker gekostet hat, aber sie haben zehn Jahre gebraucht, ihn zu bauen und nach Ansicht eines befreundeten Mannes im Bauwesen müssen wir in Milliarden denken, nicht in Millionen.«

Er lächelte und schüttelte wieder den Kopf. »Es gibt eine Menge Menschen auf Erden, für die es jetzt in diesem Augenblick wichtig ist, eine Mark zu besitzen, um sich und die Kinder mit trockenem Brot zu versorgen. Die Menschen vergeuden von den Dingen, die ihnen gegeben sind, eine Menge. Sagen Sie, wirkt der Bunker lächerlich auf Sie?«

»Genau das. Er ist so sinnlos.«

»Dann müssen Sie darüber schreiben. Dann müssen Sie versuchen, dass das Buch erscheint. Das ist wohl das Wichtigste. Haben Sie mit einem Rechtsanwalt gesprochen?«

»Nein. Ich hatte keine Zeit dazu. Die Erkenntnisse über den Bunker und die damit zusammenhängenden Dinge häufen sich. Sie kommen chaotisch schnell.«

»Dann finden Sie alles heraus und schreiben Sie an einem Ort, an dem Sie allein sind und an dem niemand Sie finden kann.« Er lächelte wieder.

Elisabeth war im Geschäft. Sie drängte sich sehr geistesabwesend durch die Menschen, schaute in ein Buch. Als ich kam, fragte sie: »Na, wie geht es ihm? Hat er sich gefreut?«

»Ja. Ich soll dich und alle anderen grüßen. Hast du den Laden hier mittlerweile ausgekauft?«

»Du lieber Gott, so viel Geld habe ich nicht bei mir. Diese religiösen Dinge möchte ich auch nicht. Aber alles andere, die Bücher, den Schmuck, die Keramik. Das möchte ich. Was sagt er zu dem Bunker?«

»Ich soll schreiben, was ich weiß. Aber er hat gut reden. Er sitzt hinter dicken Mauern und der Militärische Abschirmdienst weiß nicht einmal, dass es ihn gibt.«

»Du schreibst doch sowieso. Mit und ohne den Segen vom Pater Justinus.« Wir lachten.

Ich brachte sie nach Hause, transportierte ihre Schätze ins Haus, verabschiedete mich und fuhr nach Ahrweiler. Die Lehrerin namens Helge wartete schon mit einem Mann, der um die dreißig Jahre alt war und helle misstrauische Augen hatte. »Das ist der Typ«, sagte sie. »Er heißt Norbert.«

»Du hast ein gefährliches und verrücktes Thema«, sagte Norbert.

»Erzähl mir von dem Bunker.«

»Ich weiß nur, dass er für zehntausend Menschen angelegt wurde, viel mehr Details habe ich nicht. Die militärische Seite interessiert mich mehr.«

»Bist du sicher, dass es zehntausend sein sollen?«

»Sehr sicher. Das habe ich von fünf verschiedenen Seiten, wobei der eine oder andere sagt, dass es mehr als zehntausend Menschen sein werden.«

»Ich wusste von dreitausend.«

Er nickte. »Die Zahl kenne ich auch. Aber sie gilt nur für einen bestimmten Teil der Bunkerbesatzung. Es sollen dreitausend Bedienstete inklusive Bundesgrenzschutz und Bundeswehr sein. Also siebentausend Menschen. Viel weniger werden es nicht sein. Und ich frage mich, ob denn diese Zahl zehntausend so wichtig ist.« Er grinste. »Ob da nun fünftausend reingehen oder zehntausend oder fünfzehntausend ist doch gleichgültig. Militärisch ist das Ding ein Witz, völlig indiskutabel.«

»Ich finde, die Zahl ist von meinem Standpunkt aus nicht so ganz unwichtig. Denn sie sagt etwas über die Größe des Betonriesen aus.«

»Unter zehntausend brauchst du nicht zu gehen. Das ist eigentlich indiskutabel, denn ich weiß ziemlich sicher, dass die beiden ersten Bauabschnitte, also die parallel zur Ahr und parallel zur Kammhöhe der Weinberge, allein mindestens in vier Stockwerken bis auf ein paar hundert Meter siebzehn Kilometer lang sind. Aber da fehlt noch etwas, denn da sind ja auch riesige Magazine und riesige Lagerhallen für Maschinen, Computer und Ersatzteile und ganze Ersatz-Klinikausrüstungen. Der erste Bauabschnitt betrug satte dreißig Kilometer auf der Strecke zwischen Dernau und Bad Neuenahr/Ahrweiler. Und dazu kommt nun noch der dritte Bauabschnitt.«

»Wieso dritter Bauabschnitt? Davon habe ich noch nie gehört. Geht das unter den Weinbergen in Richtung Rech und Altenahr weiter?«

Er schüttelte den Kopf. »Es geht nicht an der Ahr weiter, es geht auch nicht unter der Ahr hindurch in Richtung Staffel, wie viele Menschen glauben. Du hast den Trick beim Bau nicht begriffen. Dieser Trick ist der große Bluff dabei.« Er grinste und sah mich neugierig an, als wolle er sagen: Los doch! Du wirst es schon noch begreifen.

»Sag mir den Trick, spann mich nicht auf die Folter. Aber beantworte mir zuerst mal einige Fragen. Hast du eigentlich mit dem Bunker zu tun? Und was bist du von Beruf?«

»Kinder? Wie viele? Und warum? Die üblichen Fragen. Also ich bin bei der Bundeswehr. Ich bin Hauptmann, ich kenne den Bunker ziemlich gut und wenn du mich jetzt fragst, warum ich dir etwas sage, dann dies: Ich habe von dieser militärisch sinnlosen Planung die Schnauze gestrichen voll. Das ist der Grund, weshalb ich drüber rede.«

»Du warst also schon drin?«

»Na sicher.«

»Wie sieht es da aus?«

»Normal«, sagte er. »Es ist schwer zu beschreiben. Es gibt Sequenzen, bei denen du begreifst, dass es militärisch spartanisch zugeht. Es gibt aber auch Teile, die sehr luxuriös wirken, die ungefähr so aussehen, wie die sehr gepflegte Einkaufspassage einer sehr gepflegten, sehr wohlhabenden Kreisstadt, deren Verwaltung was für die Bürger tun will. Es gibt Wohnungen da drin, die sind luxuriös. Das ist keine Sensation, denn notfalls wollen die da drin es ja zwei Jahre aushalten, obwohl mir schleierhaft ist, wie das funktionieren soll, ohne dass selbst die Psychiater und Psychologen durchbrennen.«

»Kennst du den ganzen Bunker?«

»Nein. Kaum ein Mensch kennt das ganze Ding. Das schließt sich auch aus, denn du kannst mit Spezialausweisen zwar bestimmte Sektoren erreichen, wenn du aber in andere Sektoren willst, brauchst du andere Ausweise. Wenn du sie nicht hast, kannst du keinen Schritt weiter. Auch wenn du allein bist.«

»Was ist der dritte Bauabschnitt?«

»Der ist auch in den sechziger Jahren gebaut worden. Er liegt im sogenannten Hinteren Tal. Das ist ein von der Ahrstraße aus nicht einsehbares Tal in den Weinbergen hinter Dernau. Darauf haben die Leute am wenigsten geachtet, obwohl sie es natürlich wissen. Dieser dritte Abschnitt offenbart etwas von dem eigentlichen Ziel des Bunkers. Wenn du oben auf dem Plateau über Dernau bist und dann die Serpentinen durch die Weinberge hinunterfährst zur Ahr, denkst du automatisch: Da unter dem Wein zieht sich der alte Eisenbahntunnel. Da liegt der Bunker! Wenn du unten auf der Straße an der Ahr in die Weinberge hineinblickst, dann hast du dieselbe Idee. Du denkst: unter diesen Weinhügeln da zieht sich der Bunker von Dernau bis Bad Neuenahr/ Ahrweiler. Egal, ob du nun von oben ins Tal schaust oder aus dem Tal auf die Hänge, du machst den Fehler mit einer gewissen Automatik. Du denkst an den alten, lang gezogenen Eisenbahntunnel und nimmst an, der Bunker würde genauso verlaufen. Und auf diesen Effekt müssen auch die Planer gesetzt haben. Denn du vergisst dabei, was sie eigentlich wollten. Sie wollten einen Bunker für die Regierenden in Bonn. Und die sitzen zwanzig bis fünfundzwanzig Kilometer entfernt in ihren Ämtern und Ministerien. Dabei fällt auf, dass niemand die Frage beantwortet, wie die denn diese vielen Kilometer im Fall einer ganz plötzlich hereinbrechenden Krise schaffen wollen. Die Antwort ist ziemlich einfach. Sie brauchen die Strecke nicht zu überwinden, denn der Bunker wurde als Regierungsbunker an der Ahr gebaut, aber in Wirklichkeit gingen die Erbauer an der Ahr in den Tunnel, drehten sich nach Norden und baggerten sich unter der Erde in Richtung Bonn. Das heißt, der Bunker ist längst in Bonn. Ich muss dir sagen, ich war nicht in diesen Stollen des dritten Bauwerks, aber ich habe aus verschiedenen Quellen verlässlich Nachrichten, dass Bonn angeschlossen ist. Außerdem verdient Marienthal an der Ahr gar nicht, der Haupteingang genannt zu werden …«

»Das ist also ein Bluff?«

»Na sicher.« Er grinste. »Mag sein, dass die Stollen in Richtung Norden irgendwo auf dem Weg nach Bonn enden, also an einem Punkt, der geografisch gesehen von Bonn aus sehr leicht zu erreichen ist und völlig unverfänglich wirkt. Tatsache ist: Marienthal als Haupteingang ist undenkbar. Sie brauchen also mehrere Eingänge, viele Eingänge, um es zu sagen. Hast du dir mal Marienthal, also den Haupteingang, auf der Karte angesehen?«

»Ja. Das ist mir sofort aufgefallen. Wenn es einen Teil des Regierungsbunkers gibt, der schlecht und ungünstig liegt, dann ist es Marienthal. Lass mich weiterdenken. Wir haben die Bundesstraße an der Ahr, die sehr schmal und sehr kurvenreich ist. Wir haben die Kreisstraße über das Plateau, die als Verbindungsweg überhaupt nicht infrage kommt. Viel zu schmal, viel zu schlecht, viel zu kurvenreich. Wir haben von Bad Neuenahr her die Anbindung an die Autobahn. Aber die Stadtautobahn ist auch nicht gerade breit und endet vor dem Bunker in einer Sackgasse. Da reichen dreißig Autos, um die völlig zu verstopfen. Der sogenannte Haupteingang in Marienthal ist also der ungünstigste Punkt des Bunkers überhaupt. Kommt noch hinzu, dass in Marienthal selbst ein einziger LKW ausreicht, um die schmale Zufahrtsstraße ins Tal zum Haupteingang vollkommen zu blockieren. Außerdem müssen die Regierenden damit rechnen, dass den ganzen Sommer über die Ahr von Touristen belagert wird. Und niemand baut den Haupteingang eines Krisenbunkers mitten in touristisches Gebiet. Bleiben die Hubschrauber. Aber so viele Hubschrauber haben die nicht.

Hubschrauber fallen nicht ins Gewicht. Mit wie viel PKW rechnest du im Normalfall, wenn plötzlich zur Krise geblasen wird?«

»Im günstigsten Fall sind es nicht mehr als zweitausend, die nach Marienthal wollen. Und die verstopfen die Straße in ein paar Minuten. Niemand kann an den Haupteingang des Bunkers heran. Das ist ein Unding. Wahrscheinlich werden es aber mehr als dreitausend PKW sein, die im Fall einer Krise in den Bunker wollen. Halt, nicht die Autos wollen in den Bunker, sondern die, die darin sitzen. Das könnte zu Missverständnissen führen. In Marienthal ist ein Eingang von vielen, ein Eingang für die Handwerker aus der Umgebung. Mehr ist Marienthal auf keinen Fall.«

»Hast du herausgefunden, wie viel Kilometer der Bunker insgesamt hat?«

»Nein, aber für mich ist das uninteressant. Es müssen gewaltig viele sein. Und erkennbare Eingänge gibt es ebenfalls ziemlich viele. Also mindestens zwei auf der Seite Bad Neuenahr, mindestens vier in Marienthal, mindestens zwei in Dernau. Insgesamt mindestens zwölf unmittelbar am Bunker. Wie viele auf der Strecke nach Norden zu liegen, weiß ich nicht, aber meiner Schätzung nach liegen die Haupteingänge auf der Nordtrasse. Sonst ist der Bunker umsonst gebaut. Da gibt es einen neuralgischen Punkt, den du untersuchen musst. Den zeige ich dir später. – Und nun einmal zur militärischen Seite. Du hast sicher immer vorausgesetzt, dass der Bunker atombombensicher ist. Ich glaube«, er lächelte, »den Zahn muss ich dir zuerst ziehen. Es ist nämlich eine Frage, ob der Bunker wirklich atombombensicher ist. Da du ein Zivilist bist, werde ich dir das erklären müssen. Mein Mund ist fransig, ich brauche ein Bier.«

»Jetzt hebt er an zum großen Vortrag«, sagte Helge grinsend, »aber du musst zugeben, dass er wirklich überzeugend ist.«

»Er ist toll«, sagte ich. »Verkocht dein Essen nicht?«

»So wie ich die Dinge sehe, gibt es kein Essen«, sagte sie. »Ich habe die Platten ausgeschaltet.«

Sie zündete drei Kerzen an und sagte: »Vielleicht wird das Licht euch besänftigen.«

Norbert setzte sich hin und trank eine Weile an seinem Bier, dann erklärte er: »Ich will es einfach versuchen und dich nicht allzu sehr mit militärischem Kram langweilen. Du weißt, dass du dir einen kleinen sogenannten Atombunker in den Garten setzen kannst. Die Firmen, bei denen du diese Dinger kaufst, erklären natürlich übereinstimmend, dass diese Dinger atombombensicher sind. Aber das sind diese Dinger nur begrenzt. Denn sie überstehen durchaus die Hitzewelle und auch die Druckwelle und von mir aus auch monatelang die Strahlungswelle. Aber eins überstehen sie nicht, und an diesem Punkt wird der Irrsinn des Atomzeitalters offenbar: sie überstehen die Atombombe nicht. Das heißt ganz einfach: wenn sie im Detonationsbereich einer A-Bombe liegen, werden sie zerdeppert wie ein Hühnerei. Wenn sie etwas außerhalb dieser ersten und am meisten gefährdeten Zone liegen, werden sie immerhin noch durch den Druck aus der Erde geschmissen und kullern samt Inhalt durch die Gegend. Der Inhalt bleibt auf keinen Fall leben. Hast du verstanden, was ich sage?« Als ich nickte, fuhr er fort: »Gut, du kannst also verstehen, wie fragwürdig der Begriff atombombensicher ist. Es kommt hinzu: Der Bunker, in dem du hockst, kann die Druckwelle und die Hitzewelle überstehen. Die Frage ist dann, ob er die Strahlung übersteht. Ich meine damit die Menschen in dem Ding. Die haben eine begrenzte Zeit Wasser und Essensvorräte da unten. Ob die aber für vier Jahre Vorräte da unten haben, darf zu Recht angezweifelt werden. Aber vier Jahre lang, und diese Berechnung stimmt, wird jedes Leben außerhalb eines Schutzraumes unmöglich sein, wenn ein Atomkrieg interkontinental geführt wird. Klar? Wenn der Atomkrieg auf Europa beschränkt bleibt, haben wir mit folgenden Schwierigkeiten zu rechnen. Gehen wir vom Regierungsbunker aus. Du wirst gehört haben, dass die etwa anderthalb bis zwei Jahre da unten bleiben können. Sie müssen in dieser Zeit jedoch intern versorgt sein, also genug strahlungsfreies Wasser und strahlungsfreie Nahrung zu sich nehmen. Nehmen wir an, das gelingt. Dann brauchen sie immerhin noch jede Menge unverseuchter Nahrung aus sauberen externen Quellen. Die haben sie aber nicht. Ich habe einen Spezialisten ausrechnen lassen, wie das im günstigsten Fall aussieht. Im günstigsten Fall wird jeder zehnte aus dem Regierungsbunker überleben, nicht mehr, auf keinen Fall mehr ...«

»Wissen die das etwa?«

Er lachte. »Natürlich wissen die das. Die haben dieselben wissenschaftlichen Quellen zur Verfügung wie ich. Also wissen die das garantiert. Von den zehntausend, die angeblich reingehen, werden im besten Fall tausend überleben. Wobei sich die Frage stellt, wer das sein wird, denn eine Auswahl werden die da unten unter der Erde nicht haben. Das alles gilt für den Fall, dass der Bunker der Bundesregierung nicht von einer Atombombe getroffen wird.« Er machte eine Pause und sah mich an. »Soll das heißen, dass das Ding nicht heil bleibt, wenn eine Rakete drauffällt?«

»Genau das. Der Bunker hat Schwachstellen. Er muss Schwachstellen haben. Sie haben hundert Meter tiefe Brunnen, sie haben Filteranlagen, um sauberes Wasser zu bekommen, sie haben Müllschlucker, die es ermöglichen, sämtliche giftigen Restbestände zu neutralisieren, sie haben saubere Lebensmittel für lange Zeit, sie haben Psychiater, ein eigenes Fernsehprogramm und einen Big Brother, der sie in ihren Wohnungen und Büros rufen kann, wann immer sie gebraucht werden. Sie haben alles. Aber wenn die Russen oder wer auch immer, ihnen Raketen auf den Hut setzen, werden sie im Eimer sein. Eine Schwachstelle sind die Eingänge. Nun können sie selbst die Eingänge zusprengen und das ist wohl auch vorgesehen für den Ernstfall. Sie können auch die Luftansaugstutzen zusprengen. Sie leben wie in einem Raumschiff. Sie erzeugen ihre Atemluft selbst. Aber wenn eine Rakete den Bunker ankratzt, ist alles anders. Wir wissen ziemlich genau, wie diese Raketen wirken. Sie können den Bunker aufreißen. Natürlich wird es Sektoren geben, die man nicht aufreißen kann. Aber diese Sektoren werden in keinem Fall ausreichen, um alle im Bunker befindlichen Menschen überleben zu lassen. Kannst du dir vorstellen, was geschieht, wenn die unter der Erde darangehen müssen, auszusuchen, wer weiterleben darf und wer nicht? Ich sage dir, das ist ein Kapitel für sich. Du siehst also: eigentlich haben sie die Milliarden umsonst in die Erde geklotzt. Völlig umsonst.«

»Völlig umsonst kann nicht sein. So idiotisch ist niemand.«

»Doch«, sagte er sehr ernst. »Die Planung von hohen Militärs – und der Bunker ist eine solche Planung – kann völlig umsonst sein. Irgendwann verselbstständigt die sich und dann wird Million um Million in die Erde gepumpt und kein Mensch fragt mehr, ob das denn überhaupt einen Sinn hat. Am Anfang war der große NATO-Vertrag. Laut Vertrag ist jede Nation verpflichtet, sich einen Unterstand für die Krise zu schaffen. Das heißt, die Regierung des Landes muss vorübergehend unter die Erde gehen und dort auch funktionieren können. So weit, so gut. Dafür reicht ein stinknormaler starker Bunker. Nun hat sich diese Bunkerplanung verselbstständigt. Das heißt, das Ding wurde immer größer, immer sicherer, immer toller ausgestattet. Kein Mensch hat mehr gefragt, ob das noch Sinn hat. Auf diese Weise ist die Bundesregierung zu ihrem Bunker gekommen. Das ist schon ein tolles sinnloses Ding unter den Weinbergen.«

»Aber die müssen doch irgendeine Vorstellung haben, wozu dieser Bunker gut ist.«

»Das haben sie auch.« Er grinste. »Da gibt es zwei philosophische Schulen. Die erste nenne ich immer die Verwaltungsphilosophie. Jeder Verwaltungsfritze wünscht sich den Bunker, der zu gewährleisten scheint, dass er immer weiter verwalten kann. Tatsächlich kann er das ja auch. Wenn draußen keiner mehr lebt, den er weiterverwalten kann, dann verwaltet das Verwaltungsgenie eben den Bunker und alle, die drin sind. Der verwaltet so lange, bis er sich selbst auf die Strichliste der Leichen setzen kann. Dann gibt es noch die Überlebensphilosophen. Und nun kommen wir auf den Herrn Hitler. Der hatte die Idee, nur die wirklichen rassereinen Deutschen hätten das Recht, Deutsche zu sein und weiterzuleben. Da schwingt so eine Art Elitedenken mit. Und, erschrick jetzt nicht, auch beim Bunker findet man dieses Elitedenken. Die haben ihre Listen, wer überleben darf und soll. Zu welchem Zweck? Nun, wohl einzig und allein zu dem Zweck, dass sie sich auf dem direkten Weg in die Geschichtsbücher schreiben. Dann nämlich, wenn sie tatkräftig dafür im Bunker gehockt haben, auf dass die deutsche Nation überlebt. Man muss sich das etwas naiv vorstellen. Die machen die Tore auf und schreiten nach Tod und Brand in die neue Welt und zimmern eine neue deutsche Nation, denn die alte ist ja tot, da lebt keiner mehr. Etwas anderes kann das kaum sein.«

»Kann man das nicht ein paar Nummern kleiner machen. Da ist ja auch ein ganz normaler, konventioneller Krieg denkbar.«

Er lachte laut und sagte: »Diesen Denkfehler kenne ich nur zu gut. Den habe ich selbst sehr lang gemacht. Es wird im herkömmlichen Sinn keinen konventionellen Krieg mehr geben. Denn die Waffen sind schwerer geworden, viel schwerer. Außerdem werden selbst im Falle des konventionellen Krieges leichte taktische

Atomwaffenköpfe eingesetzt. Das lernt bei der Bundeswehr jeder Gefreite. Außerdem kommen chemische Waffen hinzu. Die vergiften das Schlachtfeld total. Das Schlachtfeld, und darüber sind wir uns ja klar, ist aber die Bundesrepublik. Die Geschichte vom konventionellen, also vom harmlosen Krieg, ist ein Märchen.« Er machte eine Pause, trank sein Bier, sah mich an und fragte: »Kommst du klar?«

»Im Wesentlichen ja. Aber wenn der Bunker eine militärische Idiotie ist, ein Gigantismus, der sich nicht bezahlt macht, dann müssen doch gewisse Leute immerhin noch einen Sinn darin sehen. Der Bunker muss einen Sinn haben, der sehr praktisch ist und den ich bis jetzt noch nicht kenne.«

»Du machst deine Schularbeiten gut«, sagte er. »Der Bunker hat wirklich einen Sinn. Wenn die Krise kommt, wenn mit Raketen gedroht wird oder mit dem sogenannten harmlosen Schlagabtausch mit konventionellen Waffen … wenn überhaupt eine brisante Situation entsteht, die es der Regierung und all den zehntausend notwendig erscheinen lässt, durch zahlreiche, gar nicht bekannte Eingänge in das Bunkersystem einzutauchen, werden am sogenannten Haupteingang in Marienthal an der Ahr Tausende von Menschen stehen, um vielleicht doch noch hineinzukommen. Aber sie werden vergebens auf den Bundeskanzler oder auf die Abgeordneten und Minister warten, denn die sind längst an anderen Stellen unter die Erde gegangen. Die Leute werden also genarrt. Und das ist nun eine Frage der Macht, denn die wirklichen Eingänge kennt nur der, der auch im Krisenfall den Bunker zum Überleben wirklich betreten darf. Damit er nun nicht von der aufgebrachten Bevölkerung erschlagen wird, benutzt er einen Eingang, den nur er kennt. Und darin liegt denn wohl letzten Endes der Sinn des Ganzen.«

»Das ist gigantisch. Du bist Hauptmann, wozu würdest du raten?«

»Abrüsten«, sagte er, »aufhören mit der Sinnlosigkeit. Mit dem Scheiß.«

»Gibt es für die Regierenden denn keine Möglichkeit, sich aus der Gefahrenzone zu entfernen?«

»Der Bunker basiert auf einer uralten NATO-Strategie, der Bunker fällt aus. Vom amerikanischen Präsidenten hört man, dass er sich im Krisenfall in das Flugzeug Air Force Number One begibt und irgendwo dreißigtausend oder vierzigtausend Meter hoch über den Wolken ist, vermutlich schwer oder gar nicht zu orten, und die Maschine ist in der Luft auftankbar. Eine einfache, saubere Methode. Und vor allem billiger, viel billiger. Aber abrüsten und mit dem Krisenspielen aufhören ist die billigste Methode. Und sie kommt auch unserer Verantwortung für die armen Länder der Erde entgegen. Krieg ist nicht mehr nötig auf dieser Erde, wir haben andere Dinge zu tun.«

»Du bezweifelst, dass der Ahrbunker wirklich atombombensicher ist. Das müssen die Regierenden doch wissen. Wenn sie nicht sofort eine Rakete auf den Kopf bekommen, noch ehe sie den scheinbar rettenden Bunker erreicht haben – was, um Gotteswillen können sie denn tun, um sich aus der Gefahr zu bringen? Ich denke ganz einfach. Sie wollen natürlich überleben, sie sind ja auch nur wie du und ich. Aber sie sagen: Wir sind für dieses Volk verantwortlich! Also sind sie legitimiert, alles zu ihrer eigenen Rettung zu tun. Wie können sie das, wenn der Bunker nicht mit Sicherheit atombombensicher ist?«

Er grinste und sagte: »Darüber habe ich lange nachgedacht und andere haben das auch ... Und da gibt es eine interessante Theorie, die auf der Frage basiert, ob es denn unbedingt notwendig ist, dass die Bundesregierung im eigenen Land überlebt? Ist nicht notwendig, sage ich dir. Das ist ein zynisches, dunkles Kapitel, aber die Theorie wird dir einleuchten. Wir müssen davon ausgehen, dass zehntausend Menschen in den Bunker hineingehen, vielleicht mehr, vielleicht weniger – das spielt keine Rolle. Die wichtigste Fracht des Bunkers ist also der Bundespräsident, der jeweils amtierende Bundeskanzler, seine Minister. Das ist eine eng einzugrenzende Zahl. Nehmen wir an, die gehen im Krisenfall in den Bunker, weil sie absolut keine Zeit haben, abzuhauen. Ich sage, abzuhauen. Nun, überleben ist zunächst alles. Ich stelle mir das ganz einfach vor. Gewisse Leute, wie zum Beispiel der Außenminister, müssen im Krisenfall durchaus nicht in den Bunker rein, wenn sie sich im Ausland befinden. Warum, so lautet die einfache Frage, sollen derart wichtige Leute ohne militärische Funktion, direkt auf das Schlachtfeld fliegen und sich selbst umbringen? Es gibt keinen ersichtlichen Grund. Also werden sie dort bleiben, wo sie sind. Die Lage der Regierenden jedoch, die im Bunker sind, ist absolut nicht rosig. Nehmen wir an, der Bunker sichert ihnen zunächst das Überleben. Ich sage zunächst. Da bestenfalls jeder zehnte überlebt, können sie durchaus zu den restlichen toten neun gehören. Da wird Mama Natur aussieben, nicht etwa ein Verwaltungssystem. Um sich dieser Gefahr nicht auszusetzen, wird ein Plan existieren. Für mich, das sage ich ganz offen, existiert ein solcher Plan. Ich gebe zu, dass ich keinerlei Hinweise darauf habe, aber allzu viele Faktoren sprechen dafür. Der Plan ist ganz einfach. Du wirst gehört haben, dass rund fünf Kilometer nördlich des sogenannten Bunker-Haupteingangs in Marienthal – also in Richtung Bonn – die Autobahn Bonn-Meckenheim verläuft. Dort können Düsenmaschinen starten und landen, das ist bereits geprobt worden. Und dort – abgesehen von anderen Punkten – findest du eine merkwürdige Häufung von komischen Dingen. Auf dem Autobahnkreuz Meckenheim mündet die von Bonn herkommende Autobahn. Zusätzlich mündet dort eine superbreite, schnurgrade Schnellstraße, die Gelsdorfer Straße. Von der Bevölkerungszahl her sind beide Schnellstraßen unnötig. Sie machen nur Sinn, wenn sie irgendetwas mit dem Bunker zu tun haben. An der Autobahn dort ist der Rastplatz Swisttal. Dieser Rastplatz wurde vor vielen Jahren großzügig ausgebaut und niemals für den Verkehr freigegeben. Da befindet sich auch eine merkwürdige breite Rampe, glatt und gepflastert, scheinbar sinnlos neben der Autobahn im Gras. Sinnlos ist an diesem Bunker von der praktischen Seite her gar nichts. Ich habe, wie Tausende andere auch, immer gedacht: Sieh an, sie machen sich Eingänge in den Bunker auf dem flachen Land, weil die kontrollierbar sind. Dort, neben der Autobahn kann sich vielleicht ein Teil dieser Rampe verschieben, und sie können mit hundert Stundenkilometern unter die Erde fahren. Im Fall einer Krise würde kein Mensch das merken. Wir geraten an diesem Punkt absolut in den Bereich der Science Fiction – nur: Wir haben keine andere Wahl, denn an dem Bunker ist vieles absolut Science Fiction. Autobahn von Bonn und Schnellstraße enden genau an diesem merkwürdigen Rastplatz. Was sollte verhindern, dass sich dort die Erde auftut und unsere Regierung schluckt? Nichts. Technisch ist das eine Kleinigkeit. Die Frage ist nur, ob man so einfach denken darf. Wir sollten auch einmal etwas anderes ins Auge fassen. Die Frage nämlich, ob solche Stellen in dem Gebiet zwischen Bunker und Bonn nicht nur Eingänge, sondern Ausgänge sind ...«

»Willst du sagen, dass die Autobahn keine Landebahn ist, sondern eine Startbahn?«

»Genau das. Es ist eine Überlegung, nicht mehr. Mit an Sicherheit grenzender Wahrscheinlichkeit ziehen Stollen des Bunkers unter die Autobahn. Nehmen wir an, dass der harte Kern der Regierenden einige Tage oder Wochen wartet, um dann ausgeflogen zu werden – dann ist dieses Autobahnstück der ideale Platz. Es kommt nämlich etwas hinzu, was man leicht übersieht. Das Land dort ist nahezu tellerflach, es gibt keine hohen Wälder, keinerlei Gebäude. Also kann dieser Teil der Autobahn im Fall einer Atomrakete auch nicht zugeschüttet werden. Das Ding bleibt jungfräulich. Weißt du, wo ich diese Theorie herhabe?« Er lachte. »Aus einer Kneipe. Und die Theorie ist vom militärischen Gesichtspunkt aus verdammt gut. Wozu sollen die Regierenden warten, bis irgendjemand kommt und an ihren Bunker klopft? Es gibt herrliche Fleckchen auf der Erde und es ist kaum ein Problem, sie anzufliegen.«

»Besteht denn nicht die Möglichkeit, dass die Menschen im Bunker in Panik geraten, wenn sie merken, dass ihre Regierung sie verlässt?«

Er schüttelte den Kopf. »Das Bunkersystem ist groß. Niemand wird merken, wenn sich die Herren aus irgendeinem unbekannten Ausgang verabschieden. Die sind längst weg, ehe das bemerkt wird. Und dem Rest im Bunker bleibt gar nichts anderes übrig, als dazubleiben und zu versuchen zu überleben. Sollte es zu einer Panik kommen, so hat das Innenministerium ja vorgesorgt. Die haben derartige Massen an Beruhigungsspritzen und Tabletten eingelagert, dass sie den ganzen Bunker jahrelang schlafen legen können. Das steht außer Frage. Bei der letzten Bestellung hat der Innenminister 342.000 Diazepam zehn Milligramm geordert, Ampullen zu je 2 Milliliter, dazu 68.000mal Droperidol, 103.000 Haloperidol und so weiter und so weiter. Es ist anzunehmen, dass ein gewaltiger Vorrat davon im Bunker ist. Wo sonst? Die Handelsnamen dieser Mittel führen die Laien irre. Es handelt sich doch eben um Valium und starke Beruhigungsmittel, die bei massiven psychischen Störungen angewendet werden. Also wenn Tausende brüllen: Wir wollen aus dem Bunker raus!«

»Weißt du, wie viel Bundeswehr und Bundesgrenzschutz dort drin sein wird?«

Er schüttelte den Kopf. »Nein, das weiß ich nicht. Es wird davon gesprochen, dass das insgesamt dreitausend sein sollen. Und die kann man ja notfalls auch beruhigen, damit die die Herrschaft nicht erschießen.

Ich rede sehr krude, aber der Bunker regt mich auf. Ich glaube nicht, dass die Bundeswehr und der Bundesgrenzschutz ein Problem darstellen. Bei der Konzentrierung von Bundeswehrfachleuten bei den Beschaffungsstellen der Bundeswehr in Bad Neuenahr ist jedenfalls gewährleistet, dass innerhalb von Minuten erstklassige Elektroniker, Computerfachleute und so weiter im Bunker sein werden.« Er lächelte. »Scheinbar, aber ich behaupte eben nur scheinbar, haben bestimmte Planungen mit dem Überlebensbunker nichts zu tun. Aber dass Beschaffungsämter der Bundeswehr ausgerechnet im schönen Bad Neuenahr sitzen, kann kein Zufall sein. Wenn ich eine perfekt funktionierende Bunkermannschaft unauffällig direkt vor dem Bunkereingang platzieren will, muss ich es so machen, wie es sich scheinbar zufällig ergeben hat. Über allem waltet unsichtbar der große Planer des Bunkers.«

»Wer ist denn dieser Planer?«

»Das weiß ich nicht. Ich weiß auch nicht, ob das noch feststellbar ist. Das ist in Adenauers Zeiten geschehen und seitdem wird es viele Planer gegeben haben, die die Sache und die Überlegungen immer weitertrieben. Hast du eigentlich einen Bauplan von dem Ding?«

»Nein. Um Gotteswillen, wie sollte ich den bekommen?«

»Da gibt es einen Witz im Ahrtal und in der Umgebung. Wenn du wissen willst, wie der Bunker genau aussieht – wenn du also einen Bauplan willst, musst du nach Ostberlin gehen. Die haben welche. Weil Willy Brandt mit dem sogenannten Kanzlerspion, dem Günther Guilleaume, drin war. Kennst du die Idee mit

Münstereifel?« Er grinste in sich hinein. »Wenn mich jemand reden hört, bin ich als Spion enttarnt. Also das geht so: Eines der größten Bundeswehrdepots liegt in Bad Münstereifel. Dort kannst du einfach alles bekommen. Bad Münstereifel liegt in der Luftlinie rund zwanzig Kilometer vom Bunker entfernt. Und eine militärische Sperrzone gibt es auch. Nun haben Leute untersucht, ob zwischen dem Bunker und Münstereifel ein Stollen verläuft. Beweisen konnte es keiner, aber so was gehört zu den Denksportaufgaben im Ahrtal, das macht den Leuten Spaß. Es ist aber egal, ob ein Stollen existiert oder nicht. Wenn einer existiert, wird man es kaum erfahren, bevor der große Krach vorbei ist und jemand die Memoiren des Bunkers schreibt. Wenn dann noch jemand da ist, der eine Schreibmaschine bedienen kann. WIE UNSERE NATION IM AHRTAL ÜBERLEBTE, oder so.«

»Wie wichtig ist denn nun der Bunker für die NATO?«

Er schlug sich auf die Oberschenkel. »Gute Frage, sehr gute Frage. Nach alten, viele Jahre alten NATO-Strategien war der vielleicht vor fünfzehn Jahren einmal wichtig. Für die NATO ist er heute völlig unwichtig. Der Informationsfluss im Militärbereich ist ungeheuer geworden. Das NATO-Hauptquartier in Brüssel kann hervorragend ohne den deutschen Bunker an der Ahr existieren. Aber das ist seit vielen Jahren bekannt.«

»Was kostet denn der jährliche Unterhalt von dem Ding?«

»Darüber haben wir manchen Ahrwein lang diskutiert. Auf jeden Fall muss das bei vielen Millionen liegen. Du musst ja alle Personalkosten für Handwerker, Bundeswehr, Bundesgrenzschutz und so weiter einkalkulieren. Dazu die Wachmannschaft, die Computerfirmen, die Bundespost, die Massen an Spezialisten, das Material. Wenn ein Computer veraltet, wird er ausgetauscht, wobei du nicht vergessen darfst, dass die Bundesregierung zwei Computer kaufen muss, nicht einen. Der zweite gehört ins Magazin zum Auswechseln. Jedes Ding und jede Maschine gibt es zweimal, auch die Ausrüstung der bunkereigenen Klinik. Ich sage dir, dass dieses deutsche Monster niemals unter dreißig Millionen Mark im Jahr zu unterhalten ist. Und da gibt es eindeutige Anhaltspunkte, wobei ich betonen muss, dass dreißig Millionen Mark ein Minimum sind, nicht etwa ein Durchschnittswert. Wahrscheinlich ist der Unterhalt des Regierungsbunkers viel teurer. Nehmen wir nur die Fressalien, lassen wir die anderen Kosten einfach beiseite. Ich weiß, dass die Bundesregierung einem Sozialhilfeempfänger im Monat für Fressalien etwa 190,- Mark zubilligt. Nun gehen wir einmal davon aus, dass die Leute im Bunker zusätzlich wegen des Härtefalles einen Schokoladenpudding zusätzlich täglich bekommen. Also kostet jeder Bunkerinsasse zweihundert Mark im Monat. Macht zweitausendvierhundert Mark im Jahr, macht in zwei Jahren – so lange können die ja unten bleiben – viertausendachthundert Mark. Wenn die Fressalien alle zwei Jahre ausgetauscht werden, kostet das den Steuerzahler also allein achtundvierzig Millionen Mark. Verblüffend, nicht wahr?« Er lachte, als freue er sich darüber. »Du wirst wahrscheinlich aber nie genau erfahren, was der Bunker pro Jahr kostet.«

»Wenn schon der Unterhalt des Bunkers so teuer ist, kann ich nicht begreifen, dass er völlig umsonst sein soll. Sinnlos also.«

»Er ist es aber«, sagte er. »Er ist es wirklich. Ein Geschäftsmann würde sagen: Eine Amortisierung ist nicht und niemals zu erwarten. Warum ist denn niemals darüber geschrieben worden? Ich verstehe das nicht.«

»Das verstehe ich ebenso wenig wie die meisten meiner Kollegen. Wahrscheinlich liegt das daran, dass die meisten diesen Bunker als etwas Normales und sozusagen Gottgewolltes begreifen. Vielleicht gibt es auch Absprachen zwischen Redaktionen und Regierung. Gibt es so etwas?«

»Kaum, würde ich sagen. Aber wahrscheinlicher ist die Auffassung, dass jeder Journalist, der darauf stößt, zunächst annimmt, der Bunker sei eben normal und nicht des Schreibens wert.«

»Er ist aber nicht normal«, sagte ich.

Am späten Nachmittag verließ ich Helge und Norbert, fuhr in das Hotel zurück und konnte mich endlich übergeben und diesen ekelhaften dumpfen Schmerz im Magen loswerden.

* * *

Gegen Abend rief Peter an und sagte, ich solle in die Eifel kommen, um zu erzählen. Er empfing mich mit der Bemerkung: »Garbe hat in seinem Buch DIE VERGESSENEN KZs? geschrieben, dass das KZ in Dernau nach dem Bundesentschädigungsgesetz ein anerkanntes KZ ist. Es wurde am 13. Dezember 1944 geschlossen.

Wann es aufgebaut worden ist, steht nicht drin, wahrscheinlich musst du das woanders recherchieren.«

»Im Bundesarchiv in Koblenz«, sagte ich, »wird auch Marienthal als KZ-Standort erwähnt.«

»In dem Buch nicht. Rupert ist hier und George. Und Gudrun will auch was hören. Eine Freundin von ihr, die Inge, ist auch hier. Mein Vater hört auch zu.«

Es gab ein liebevoll zubereitetes Essen, und Gudrun beklagte sich ironisch darüber, dass ihr Baby es offensichtlich ablehne, geboren zu werden. »Vielleicht hat es recht«, sagte sie.

Nach dem Essen berichtete ich über jeden Aspekt des Bunkers, und ihnen allen wurde offensichtlich mulmig. Rupert war weiß im Gesicht und ging hinaus. Sie waren alle betroffen, ich merkte es an ihren Äußerungen. Nur Inge sagte nichts. Sie war eine sehr mädchenhafte Frau und hielt das Gesicht tief gebeugt. Ihre Augen waren dunkel, groß, und zuweilen kniff sie sie zusammen, als habe sie Schmerzen.

»Glaubst du, dass das Buch erscheinen kann?« fragte Peter.

»Ich glaube es nicht«, sagte ich.

»Wir fahren nach Köln. Da gibt es einen Anwalt, dem ich Bescheid gesagt habe. Der wird uns dazu etwas sagen können. Morgen früh?«

»Ja, in Ordnung. Inge, was ist mir dir? Du hast nichts gesagt, aber du hast zugehört und irgendetwas ist da.«

»Ich muss noch nachdenken«, sagte sie. »Glaubst du wirklich, dass die deutsche Nation dort unten wiedergeboren werden soll?«

»Da ist etwas dran. Ja, das glaube ich.«

»Und niemand von der Bevölkerung im Ahrtal hat ein Recht auf einen Bunkerplatz?«

»Niemand, außer den Handwerkern, die sowieso da drin sein werden.«

»Und was ist mit diesen Bärs, dieser Judenfamilie? Kann man herausfinden, was da passiert ist?«

»Ich denke, dass das bis zu einem gewissen Grad nicht mehr rekonstruierbar ist. Wenn der Dr. Habighorst aus Ahrweiler Grippe auf den Totenschein geschrieben hat, dann kann es Grippe gewesen sein. Aber es kann, nach dem Tod der beiden Söhne, auch Selbstmord gewesen sein; es kann auch Mord gewesen sein. Die Bevölkerung hat jahrelang von Mord durch Vergiftung gesprochen. Der Arzt hatte jedenfalls keine andere Möglichkeit, als eine normale Todesursache – also eben Grippe – auf den Totenschein zu schreiben. Er wäre getötet worden, wenn er einen Mord als Mord auf dem Totenschein erklärt hätte.«

»Ich rufe dich morgen mal an«, sagte sie. »Kann ich die Nummer deines Hotels haben?«

Spät in der Nacht fuhr ich in das Hotel zurück.

Der 12. Dezember 1983

Ich las bis morgens die Notizen. Dann schrieb ich auf, was mir der Hauptmann erzählt hatte. Irgendwann gegen neun Uhr rief Inge an.

»Ich muss dich etwas fragen wegen des Bunkers in Staffel, diesem Postbunker. Wo liegt der?«

»Der liegt kurz hinter Staffel auf der Strecke nach Adenau zum Nürburgring hoch. Warum fragst du mich?«

»Da ist eine komische Geschichte«, sagte sie. »Ich weiß nicht, wie ich dir das erklären soll. Bei Staffel gibt es ein Tal, ein winziges Tal. Das ist mein Tal. Ich weiß nicht, ob du das verstehen kannst. Da blühen im Frühling Hyazinthen, Narzissen und Veilchen. Kein Mensch kennt das Tal, es ist sehr klein und eine Straße gibt es auch nicht.«

»Ziehst du dich dorthin zurück?«

»Ja. Aber manchmal nehme ich auch Menschen mit, die ich mag. Sehr selten, sehr wenig Menschen. Vielleicht zwei oder drei bis jetzt. Es müssen Menschen sein, die ich sehr mag. Hoffentlich lachst du jetzt nicht.«

»Warum soll ich lachen? Das ist doch schön, so ein kleines Tal zu haben.«

»Das Tal ist jetzt aber kaputt, wenn der Bunker von der Post da drunter ist. Mein Gott, müssen die denn eigentlich alles kaputtmachen?« Und dann weinte sie und hängte ein.

Eine Stunde später fuhr ich mit Peter nach Köln. Wir sagten uns, dass der Anwalt wahrscheinlich eine Möglichkeit finden werde, ein solches Buch möglich zu machen.

Der Anwalt war jung, freundlich und sehr bestimmt. Er sagte, dass allein der Vorsatz, irgendetwas über eine höchst geheime Anlage wie den Bunker herauszubekommen, schon einen Straftatbestand darstelle. Bilder und Zeichnungen zu veröffentlichen sei grundsätzlich riskant und abzulehnen. Tatsachen sollten als Tatsachen und Theorien als Theorien gekennzeichnet seien.

Wir blieben eine Stunde, dann schien klar, dass wir keine Chance haben würden, ein Buch über den Bunker zu veröffentlichen. In dieser aussichtslosen Position fuhren wir in die Eifel zurück und begannen zu überlegen, ob wir trotzdem eine Chance haben würden, ein solches Buch zu machen, ohne dass irgendeine Staatsanwaltschaft kommen konnte mit der Bemerkung, das sei alles geheim und habe geheim zu bleiben. Wir erreichten kurz nach Mittag einen Punkt, an dem wir mit grauen Gesichtern von diesem Projekt Abschied nahmen. Es war eine Herumfummelei in sinnlosen Worten, niemand hatte Erfahrung, niemand wusste etwas Positives beizusteuern.

»Herrgott, wir veröffentlichen doch nicht das Fabrikat der Lokusdeckel, die die da unten haben. Wir wollen auch gar nicht wissen, welche Firma die Computer wartet. Der Bunker wurde auf dem Grund eines KZ gebaut. Das ist eine Ungeheuerlichkeit, die man doch veröffentlichen muss.«

Peter widersprach. »Wenn der Staat der Meinung ist, dass der Bunker geheim ist, und wenn die NATO der Meinung ist, dass der Bunker geheim ist, dann können wir nichts über den Bunker sagen, geschweige denn schreiben. Vielleicht finden sie heraus, dass du gut gearbeitet hast und sie bieten dir einen Job beim MAD an. Das Buch können wir uns abschminken.«

»Und das ganze Ahrtal plappert in Kneipen ständig von Details des Bunkers. In der Bundesrepublik ist nur das geheim, wovon man nicht einmal ahnt, dass es das gibt. Alles, was es gibt, kann nicht geheim bleiben. Der Bunker als Geheimnis ist absurd.«

»Aber der Staat sagt: das ist geheim! Und damit ist es geheim. Der Staat entscheidet doch, was geheim ist und was nicht. Und der Bunker ist geheim. Sind jemals Journalisten unten gewesen?«

»Meines Wissens noch nie. Ich habe von einem Kollegen erfahren, dass man sich in Sachen Bunker an die Pressestelle des Innenministeriums wenden muss. Dieser Vorgang war immer derselbe. Dann sagt der Innenminister, er könne keine Auskunft über den Bunker geben, weil der erstens NATO-Sache sei und zweitens sei zu einer Auskunft über den Bunker ein Beschluss des ganzen Kabinetts notwendig, um mit irgendwelchen Informationen an Presseleute einverstanden zu sein.

An dem Punkt hat bisher jeder aufgegeben, denn noch kein Journalist hat in dieser Republik einen Kabinetts-beschluss erreicht.«

»Was ist, wenn ich mich auf den Standpunkt stelle, den ich längst eingenommen habe? Ich bin der Meinung, dass die Öffentlichkeit über diesen Bunker weitgehend Bescheid wissen sollte. Wenn ein Richter das zivilen Ungehorsam nennt, nun, dann bin ich ein ziviler Ungehorsamer.«

Er sah mich an und begann zu lächeln. »Das kann es sein«, sagte er, »das kann es sein. Und das ist wohl wirklich deine Überzeugung.«

Wenig später kam Inge und wir sagten, dass wir auf jeden Fall weitermachen würden. Ich fragte: »Kannst du mir dein Tal zeigen?«

»Ja«, sagte sie. »Zeigst du mir die Stelle, wo das KZ in Dernau war?«

»Ja.« Wir fuhren ein paar Minuten später, und Peter sagte, er wolle sich damit beschäftigen, einen Buchtitel zu entwerfen.

Auf der Autobahn fragte sie mich: »Wie weit bist du jetzt?«

»Eigentlich bin ich mit dem ersten Bogen der Recherchen fertig. Natürlich gibt es Unklarheiten. Zum Beispiel weiß ich noch nicht, ob es ein erstes KZ direkt auf dem sogenannten Haupteingang des Regierungsbunkers in Marienthal gab. Ich weiß zum Beispiel auch nicht exakt, wann die drei Mitglieder der Familie Bär in Dernau starben. Dann gibt es noch eine Unsicherheit. Ich weiß zum Beispiel nicht, wie Dernau im Allgemeinen zu Juden stand. Vielleicht gibt es da Dinge, die noch nicht ausgekocht sind. Ich stehe also auf der Schwelle, alle diese Dinge genau herauszubekommen. Allerdings habe ich die trübe Ahnung, dass sich nahezu alle Gerüchte und Theorien bewahrheiten. Das ist meistens so. Wenn sie sich nicht völlig belegen lassen, so stimmen sie in der Regel doch zum größten Teil. Der Kern ist fast immer richtig.«

»Also musst du Briefe schreiben und in Archive gehen und Texte ausgraben?«

»Genau das. Was machst du beruflich?«

»Ich arbeite in der psychosozialen Beratung. Wie du erzählt hast, dass der Bunker Milliarden kostet, ist mir ganz schlecht geworden. Wir kämpfen immer darum, finanziert zu werden, und wir brauchen nicht einmal dreihunderttausend Mark pro Jahr. Was kostet am Bunker denn dreihundertausend Mark?«

»Das weiß ich nicht. Vermutlich ein Fahrstuhl.«

»Und wie viel Fahrstühle haben die?«

»Es müssen eine Menge sein, denn das Ding ist ja groß.«

»Unser Dienst wird von rund zweihundert Menschen im Jahr beansprucht«, sagte sie. »Für die Kosten eines Tornado-Düsenjägers könnten wir 150 Jahre lang finanziert werden.«

»Es ist die alte Rechnung. Aber du darfst sie nie einem Militär aufmachen. Der lächelt.«

»Scheiße!«, sagte sie.

Ich hielt an dem Judenfriedhof oberhalb Dernaus an und zeigte ihr den Grabstein der Familie Bär. »Sieh mal, alle starben 1942. Ich kann mich nicht an den Namen des Beamten in Altenahr erinnern. Doch halt Jakobs, oder so. Der hat angeblich die Toten-scheine ...«

»Sieh mal«, sagte sie. »Da ist eine Frau auch 1942 ge-storben. Eine gewisse Rosa Mayer, geborene Schweitzer, geboren 1888 gestorben 1942. Hatte die auch Grippe?«,

»Ich muss in die nächste Telefonzelle, ich muss das wissen.« Wir fuhren hinunter nach Dernau und ich rief diesen Jakobs der Gemeindeverwaltung von Altenahr an. Der Mann namens Jakobs sagte: »Ja, das stimmt, die Mitglieder der Familie Bär sind innerhalb einer Wo-che im gleichen Haus in Dernau an Grippe gestorben. Grippe steht eindeutig auf den Totenscheinen und un-terschrieben hat der alte Sanitätsrat Dr. Habighorst aus Ahrweiler. Bei dem war ich übrigens auch als Junge Pa-tient. Der war bekannt dafür, dass er was gegen die Na-zis hatte.«

»Was ist mit Rosa Mayer aus Dernau? Die wurde 1888 geboren und starb auch im Jahre 1942. Können Sie nach-schauen? Und wissen Sie zufällig, ob feststellbar ist, ob 1942 in Dernau eine Grippeepidemie war?«

»Das wird wohl nicht mehr feststellbar sein. Ich kann mal nachschauen, was mit dieser Rosa Mayer war. Ver-muten Sie etwas anderes als Grippe?«

»Natürlich. Sie nicht?«

»Doch, doch, das fällt auf. Aber, wenn es keine Grippe war, werden wir das nie mehr herausfinden, denn der alte Sanitätsrat ist ja tot.«

»Vielleicht leben andere.«

»Ich weiß nicht«, sagte er zögernd. »Damals war es ja wohl lebensgefährlich, einen Mord auf einem Toten-schein als Mord zu deklarieren.«

»Das mag schon sein. Vielleicht finde ich etwas heraus. Ich schreibe über die Geschichte dieser Menschen.«

Dann zeigte ich Inge die Stelle, auf der das KZ in Dernau gestanden hat. Die Grundrisse der Bunker waren noch zu sehen. »Wenn da gebuddelt wird, könnte Übles zutage kommen.«

Sie hatte ein weißes, hartes Gesicht und sagte nichts, und ich hätte ihr gern über das Gesicht gestreichelt. Da war ein Strauch mit Hagebutten. Ich riss einen Zweig ab und sagte: »Das ist wenigstens etwas Tröstliches.« Dann fuhren wir weiter. In Staffel zeigte ich ihr den Eingang zum Postbunker und sie sagte erstickt: »Das hat wirklich etwas mit meinem Tal zu tun.«

Es hatte keinen Zweck, ihr zu antworten. Sie sagte: »Es ist der schmale Waldweg da. Das Tal liegt weiter hinten.« Dann stiefelte sie wütend voraus und hielt den Kopf gesenkt.

Links hinter einer Reihe Hainbuchen lag ein junges Eichenwäldchen, rechts einen Hang hinunter floss ein kleiner Bach über Schiefer. Der Weg war dick belegt mit altem Laub. Sie begann vor mir langsamer zu werden und trödelte von der rechten auf die linke Seite, blieb stehen, starrte in die Bäume oder auf die Erde, ging dann ein paar Schritte und blieb wieder stehen. Es war so, als habe sie Angst in ihr Tal zu kommen. Nach dreihundert Metern öffnete sich ein kleiner Kessel. Sie blieb auf dem Gras stehen, warf Holzstücke in den Bach und ging dann wieder zurück, ohne ein Wort. Neben dem Auto weinte sie und sagte dann »Sie bauen ihre lächerlichen Dinger, um zu überleben. Die erlauben uns nicht einmal einen würdigen Tod.«

»Ist dein Tal kaputt?«

»Ja, irgendwie ist es kaputt. Ich werde vielleicht in einem Jahr wiederkommen, um zu sehen, was da kaputt-
gegangen ist. Aber es ist nicht mehr mein Tal.«

»Ich möchte gern zu Otto fahren«, sagte ich. »Der
wird dir gefallen. Er schämt sich, weil seine Generation
KZs eingerichtet hat.«

Otto war da und wirkte reserviert, als er Inge sah.
Aber das änderte sich schnell, als ich ihm sagte, sie wisse über diese Dinge Bescheid.

»Wie haben die Dernauer eigentlich mit ihren Juden
gelebt? Weißt du das?«

»Na ja, sie schämen sich wohl, dass die entweder umgebracht worden sind, oder aber irgendwie komisch gestorben sind. Ich habe dir doch von den Bärs erzählt.«

»Ja, aber wie haben sie sich nach dem Kriege benom-
men? Wie haben sie reagiert, wenn sie mit Juden in Be-
rührung kamen?«

Er goss Wein ein. »Weißt du«, sagte er dann, »ein
schlechtes Gewissen haben die wohl alle. Jedenfalls
die Alten. Auch nach dem Krieg waren die eigentlich
immer noch so leichte Judengegner. Da gibt es nämlich
die Geschichte mit dem Amtsbürgermeister Kreuzberg und der Benedikt-Schmittmann-Straße. Also das
war so: Nach dem Krieg wurde der Kreuzberg der
erste Bürgermeister. Und auf dessen Vorschlag wurde
die Straße unten an der Ahr, also die heutige Bundesstraße, Benedikt-Schmittmann-Straße genannt. Früher
hieß sie Adolf-Hitler-Straße. Als Kreuzberg tot war, da
versuchten einige Gemeinderatsmitglieder, die Straße
wieder umzubenennen. Mit der Begründung: Der Na-

me Benedikt-Schmittmann-Straße ist zu lang! Und das hatte seinen Grund. Schmittmann ist nämlich einer, der vom Hitler-Regime umgebracht wurde. Das war ein sehr fröhlicher und trinkgewaltiger Soziologieprofessor aus Köln, der Dernau zu seiner Sommerfrische gemacht hatte. Und Reklame für die Gegend hier machte er auch. Er wurde verhaftet und dann im KZ Sachsenhausen zu Tode getreten. Er musste vor anderen Häftlingen zwei Backsteine aufnehmen, sie in Vorhaltestellung halten und dann so, mit ausgestreckten Armen, auf dem Hof herumhüpfen. Dabei fiel er vor Erschöpfung um und kam nicht mehr hoch. Dann ist er von SS-Leuten totgetreten worden. Nach dem also ist unten die Straße benannt worden. Als nun einige Ratsmitglieder der Straße wieder einen anderen Namen geben wollten, schrieb ein erboster Dernauer Bürger, sie sollten die Straße dann doch wieder so nennen, wie sie während des Dritten Reiches geheißen habe. Das ist so eine Geschichte, die etwas mit dem Judentum zu tun hat. Hat diese Lehrerin, diese Helge dir etwas erzählt?«

»O ja, eine ganze Menge. Gibt es eigentlich einen Hinweis darauf, woran die Jüdin Rosa Mayer aus Dernau im Jahre 1942 gestorben ist?«

Er kniff das Gesicht zusammen. »Da habe ich keine Ahnung. Du solltest mal zu Fritz gehen.« Er nannte den Familiennamen. »Der wohnt in Dernau. Der kennt noch eine Judengeschichte, vielleicht kann der dir weiterhelfen.«

Fritz war ein Handwerker ein zurückhaltender Mann. Er fragte: »Wozu wollen Sie denn das?«

Ich sagte ihm, dass ich etwas über den Bunker schreiben werde und auch darüber, dass in Dernau einmal ein KZ gewesen sei, dass die alten Judenfamilien aus Dernau samt und sonders ohne erkennbare Erinnerungen vertrieben und ausgerottet seien.

Er war erstaunt, dass ich das so offen sagte und musste lange nachdenken, ehe er erklärte: »Also da gibt es die Geschichte mit dem Kriegerdenkmal. Das ist erst ein paar Jahre her. Die Gemeinde Dernau hat eine Tafel zur Erinnerung an die im Krieg Gefallenen machen lassen. Da an der Kirche. Sonntags war zuerst Messe und anschließend Einweihung des Denkmals mit dem Kriegerverein und so. Da war ein alter Mann im Dorf, der inzwischen verstorben ist. Wir nannten ihn Jean, er hieß aber Johann. Johann war achtzig Jahre alt und sagte immer wieder: ›Bevor ich sterbe, muss ich noch etwas für den alten Moses tun.‹ Moses Bär war hier ein alter Jude, aber der ist während des Krieges gestorben. Als nun das Kriegerdenkmal eingeweiht werden sollte, kam Onkel Jean zu mir und sagte: ›Jetzt tu ichs!‹ Und dann hat er einen Kranz besorgt, er ist extra auf seine alten Tage noch nach Neuenahr reingefahren. Er hat einen Kranz bestellt mit zwei großen Schleifen. Auf der einen Schleife stand ZUM GEDENKEN DER VOM NATIONALSOZIALISMUS ERMORDETEN MITBÜRGER UNSERER GEMEINDE JÜDISCHEN GLAUBENS! Und auf der anderen Schleife stand VON EUREN FREUNDEN. Und diesen Kranz wollte Onkel Jean an das Kriegerdenkmal tragen, weil die Juden ja Opfer des Hitlerkrieges waren. Aber da spielte seine Frau nicht mit. Die kriegte nämlich an diesem Samstag so eine Art Herzanfall, weil sie ahnte, dass ihr Mann Jean etwas vorhatte. Jean sagte, er würde eben was anderes machen. Er ist also hingegangen und hat den Kranz auf die Straße gestellt. Genau an das Haus, in dem die Familie Bär gewohnt hat. Und die Leute, die zur Kirche gingen und dann zur Einweihung des Kriegerdenkmals, die mussten ja am Kranz vorbei. Dann kamen die Fotografen von der Zeitung, die ja das Kriegerdenkmal aufnehmen wollten. Und wie sie den Kranz sahen, haben sie Onkel Jean und seinen Kranz fotografiert. Aber veröffentlicht wurde nur das Bild vom Kriegerdenkmal und geschrieben wurde auch kein Satz über die jüdischen Mitbürger. Später an dem Sonntag hat Jean seinen Kranz wieder geholt und hat ihn oben auf den kleinen Judenfriedhof gestellt. Er hat gesagt: ›Eh der Kranz geklaut wird, soll er denen zugutekommen, für die er gemacht wurde.‹ Die meisten hier aus Dernau haben mit Onkel Jean nicht mehr gesprochen, aber er hat gegrinst und sich nichts daraus gemacht.«

»Wissen Sie eigentlich etwas über den Regierungsbunker hier?«

Er schüttelte lächelnd den Kopf »Ich weiß nur das, was alle wissen. Das ist doch nix, dieser Bunker ist doch ein Spielzeug, ein teures Spielzeug.«

»Waren Sie mal drin?«

»Nein«, sagte er. »Ich komm ja auch nicht rein, wenn's knallt.«

Ich ging in die Telefonzelle auf dem großen Parkplatz in Dernau und rief den Mann namens Jakobs in Altenahr an.

»Ich habe nichts über den Tod der Jüdin Rosa Mayer in Dernau«, sagte er. »Ich kann Ihnen sagen, dass Emma Bär am 9. Februar 1942 gestorben ist, Moses Bär am 16. Februar 1942 und dessen Frau Minna einen Tag später, also am 17. Februar 1942. Auf allen drei Totenscheinen steht als Todesursache das Wort Grippe. Aber Rosa Mayer habe ich nicht verzeichnet. Nun kann es ja sein, dass die gar nicht in Dernau gestorben ist. Und wenn sie nicht in Dernau gestorben ist, dann kann es in Ahrweiler passiert sein. Da war damals ein Krankenhaus. Sie müssten also in Bad Neuenahr/Ahrweiler nachfragen, ob die etwas haben.«

»Habe ich noch andere Möglichkeiten, etwas über die Todesfälle zu erfahren?«

»Also von Behördenseite nicht«, sagte er. »Aber ich denke, es gibt eine andere Möglichkeit. Es werden ja noch Leute in Dernau leben, die sich an die Bärs und an die Rosa Mayer erinnern. Suchen Sie die auf.«

»Das mache ich«, sagte ich. »Aber in den letzten Kriegsjahren und danach ging das Gerücht, die seien mit Gift ermordet worden.«

Er schwieg eine Weile und sagte dann: »Au weh, das ist ja aber nicht mehr zu beweisen.«

Ich sagte Inge, was dieser Mann mir erzählt hatte, und sie war der Meinung, dass ich das Merkwürdige am Tod dieser Juden wahrscheinlich nie aufklären werde. »Ob die Regierung im Bunker bleibt oder ausgeflogen wird, wenn es knallt, ist eigentlich egal. Hast du dir schon überlegt, was es heißt, sehr viele tausend Menschen in einem Bunker unter der Erde zu haben, wenn ein Atomkrieg ausbricht? Hast du das schon überlegt?« Sie fragte das sehr aggressiv.

»Was soll das? Worauf willst du hinaus?«

Sie lachte. »Ich kann mir gut vorstellen, dass das eine gute Sache für Militärpsychiater und ähnliche Berufe ist. Es ist aber auch gut für die Amerikaner, es ist überhaupt gut für diese Welt. Ich weiß, ich denke da verbittert und sehr schwarz. Aber wenn auf dem Schlachtfeld in Europa einige tausend Menschen überwintern wollen, um weiterzuleben, dann ist das ein absolut förderungswürdiges Unternehmen. Die Wissenschaft hatte nämlich bisher nie die Möglichkeit zu untersuchen, was passiert, wenn Tausende von Menschen auf relativ engem Raum so lange zusammenleben müssen, ohne dass sie die Chance haben, den Bunker auch nur kurzzeitig zu verlassen. Da werden die amerikanischen wissenschaftlichen Freunde aber sehr neugierig sein.«

»Du denkst …«

»Das ist richtig. Ich denke an die Deutschen im Bunker als Versuchskarnickel dieser Mutter Erde. Ist das nicht toll? Ist das nicht eine tolle Theorie?«

Nachlese

Am 15. Dezember 1983 kehrte ich nach München zurück. Ich wollte herausfinden, welche Form ich diesem Manuskript geben könnte, wollte herausfinden, wohin alle Fragen und Theorien führten. Wen ich zu weiteren Einzelheiten fragen könnte. Wir verlebten ein sehr ruhiges Weihnachtsfest mit den Kindern, aber ich war verkrampft.

Am 27. Dezember reiste ich zurück in die Eifel und nach Köln. Ich las zunächst von Detlef Garbe (Hrg.) DIE VERGESSENEN KZ'S?, dann von Eberhard Klopp – HINZERT – KEIN RICHTIGES KZ? EIN BEISPIEL UNTER 2000. Ich schrieb an das Bundesarchiv in Koblenz, dass ich etwas über die Geschichte der alten Eisenbahntunnel in Dernau und Marienthal brauche, etwas wissen wolle über ein KZ in Dernau und alles benötige, was es über jüdische Familien im Ahrtal gebe. Ich schrieb an Simon Wiesenthal im Jüdischen Informationszentrum in Wien. Ich wandte mich an das Internationale Rote Kreuz, das in Arolsen einen Suchdienst unterhält. Ich schrieb an das amerikanische Informationszentrum in Washington-Alexandria, wohl wissend, dass die Amerikaner einen Teil ihres Informationsmaterials über Hitlerdeutschland noch nicht zurückgegeben haben. Ich richtete ein Schreiben an die Zentralstelle für Nachforschungen in NS-Sachen in Ludwigsburg, wandte mich telegrafisch an die Nationale Mahn- und Gedenkstätte in Weimar-Buchenwald in der DDR, außerdem an das Bundesarchiv-Militärarchiv in Freiburg im Breisgau. Dann begriff ich, dass kein Historiker sich mit Dernau und dem dortigen KZ befasst hatte, also wurde ich ständiger Gast im Bundesarchiv in Koblenz.

Die Zusammenarbeit war gut, zuweilen sehr gut. In meinem Schreiben hatte ich gesagt: »Ich bin gespannt, was bei Dernau herauskommt.« Jemand hatte an den Rand geschrieben »Ich auch!«

Es begann mit einer Korrektur. Das Bundesarchiv hatte einen schriftlichen Hinweis, dass der Sohn der Familie Bär, Vorname Siegfried, Moses heiße und wahrscheinlich in Auschwitz vergast worden sei.

Wichtig wurden die Hinweise auf Seitenlinien meines Themas. Trotzdem war der schnellste Informant die Mahn- und Gedenkstätte in Weimar-Buchenwald in der DDR. Direktor Trostorff schreibt dazu folgendes:

»Dernau, Krs. Ahrweiler, war ein Männerlager, es wurde am 21.8.1944 gegründet und der Arbeitgeber war die Firma Gollnow. Die Auflösung erfolgte in der Zeit vom 5. bis 8. Dezember 1944. Bei Gründung hatte das Lager 180 Insassen, bei Schließung noch 99.«

Die Frage: Wo sind die 81 geblieben?

Die Arbeit im Bundesarchiv musste warten, weil Ludwigsburg schrieb, in Sachen Dernau seien von der

Staatsanwaltschaft bei dem Landgericht Koblenz unter dem Aktenzeichen 9 Js 54/68 Ermittlungen hinsichtlich des Nebenlagers Dernau des Konzentrationslagers Buchenwald geführt worden. Dann heißt es wörtlich: »Das Ermittlungsverfahren ist durch Verfügung vom 16.2.1972 eingestellt worden.« Von diesem Punkt an liefen die Recherchen sehr breitfächrig auseinander, denn zum Beispiel erklärte der Internationale Suchdienst in Arolsen, man könne erst nach Prüfung entscheiden, ob Auskunft über Dernau erteilt werde.

Auch der Oberstaatsanwalt Wippermann in Koblenz hatte Bedenken: »Ich weiß nicht, ob ich erst das Ministerium fragen muss, wenn Sie über dieses Verfahren etwas wissen wollen.«

Der Stoff geriet zäh.

Zum ersten Mal tauchte ein merkwürdiger Umstand in Verbindung mit dem KZ Dernau auf. In Archiven stand der unverständliche Hinweis »KZ Dernau – Gollnow«, oder aber »KZ Dernau siehe Gollnow«. Zunächst hielt ich das für den Hinweis auf ein möglicherweise polnisches Dorf oder einen slawischen Ortsnamen. Aus dem Persönlichen Büro von Willy Brandt brachte dann Klaus-Hennig Rosen den erlösenden Hinweis, dass das KZ in Dernau von einer Firma betrieben worden sei, die Gollnow und Sohn heißt und in Koblenz beheimatet ist. Die Firma Gollnow und Sohn steht nicht im Telefonbuch, es gibt sie nicht mehr.

Die Frage, ob das Dernauer KZ einen Vorläufer in Marienthal direkt auf dem Platz auf dem Bunkereingang gehabt hat, lässt sich mit letzter Sicherheit nicht nachweisen, da historische Dokumente fehlen. Aber die Zeugen aus damaliger Zeit bestehen auf ihrer Aussage. Zunächst war das KZ direkt vor dem heutigen Haupteingang des Bunkers in Marienthal, wurde dann zerbombt und rund zweitausend Meter weiter in Dernau erneut aufgebaut.

Das zuständige Amt für die Gebietsreform im Ahrtal ist in der Verwaltung in Adenau untergebracht. Das Amt hat seine Sorgen mit Dernau, weil kein Winzer das Grundstück haben will, auf dem das KZ in Dernau lag. Oft kolportiert ist der Vorgang, dass eine erboste Ehefrau ihren Mann anbrüllt: »Jünther, datte mir dat Jrundstück nich nehmen tust! Da war ein Arbeitslager oder ein KZ oder sowat. Sowat will ich nich inne Weinberg haben!«

Ein Informant

Die Leute an der Ahr haben ohne allen Zweifel gelernt, mit dem Bunker zu leben. Im Wesentlichen bedeutet das, dass sie sich daran gewöhnt haben. Der Bunker ist ein äußerst umweltfreundliches Unternehmen geworden, was in diesem Zusammenhang im Klartext bedeutet, dass etwa zweihundert Männer rund um die Uhr darin arbeiten und dafür sorgen, dass alle Systeme normal laufen. Weitere durchschnittlich einhundert Männer arbeiten tagsüber im Bunker, meistens Spezialisten aus allen Branchen, die die ihnen anvertrauten Gerätschaften warten oder durch andere, inzwischen wohl modernere ersetzen.

Es gibt nach deutlicher Schilderung Sonntage, an denen nicht mehr als fünfzehn Handwerker in den Stollen sind. Der Betrieb um den Bunker geht also lautlos vonstatten. Ausnahmen sind die NATO-Manöver, wenn große Mannschaft einrücken muss.

In den Jahren der Bauzeit, das wurde schon erwähnt, arbeiteten Tausende von Arbeitern daran, die Baustellen unter Tage voranzutreiben. Eine Untersuchung zeigt, dass es zwar eine riesige, aber völlig normale Baustelle war.

In dieser Zeit war das Ahrtal zweifellos gesegnet. Die Zahl der Arbeiter, die wegen dauernden Vollsaufs entlassen werden mussten, liegt nach vorsichtigen Schätzungen nicht unter dreihundert, ein Baustellendirektor war auch darunter. Er baute im trunkenen Zustand einen leichten Unfall, wollte sich dem durch Flucht entziehen und wurde von der Polizei gestellt. Aus dieser Zeit stammt auch das Gerücht, dass ein Baudirektor mitsamt den Bauplänen für den Bunker in Richtung DDR verschwand.

Die Winzer, Kneipiers, Hoteliers und Inhaber von Pensionen schwärmen noch heute von der Bauzeit, »denn damals war wirklich ständig was los«. Vorübergehend waren die Touristen abgemeldet, oder zumindest waren ihre Nachfragen nach leeren Hotelbetten lästig, denn Betten gab es so gut wie keine mehr.

In der Erinnerung der Menschen ist der Bunker etwas Schizophrenes, etwas Zwiespältiges. Auf der einen Seite erinnern sie sich gern und unter viel Gelächter an die Bauzeit, denn in dieser Periode, und das wird von niemandem bestritten, haben die Leute an der Ahr »ein Schweinegeld« verdient. Als die Baustellen zahmer wurden, als der Rohbau beendet war, als die ersten hochgeheimen Installationen durchgeführt wurden, tauchte in zunehmendem Maße Kriminalpolizei zur Absicherung auf.

Es kam zu ersten Zwischenfällen, vor allem dann, wenn heiter beschwipste Touristen aus Dortmund oder Luxemburg oder Amsterdam sich in Kneipen

und Straußwirtschaften nach »diesem komischen neu-
en Führerbunker« unter den Weinbergen erkundig-
ten. Sie alle hatten Zeitungen gelesen, wohl auch Geschichtsbücher durchbüffeln müssen, sie alle wussten
um die letzten Tage des größten Feldherrn aller Zeiten
in seinem Bunker in Berlin. Ihre Neugierde wurde vor
allem deswegen aufgestachelt, weil sie bei ihren Streif-
zügen durch die Weinberge auf die Bunkereingänge
stießen, wobei ihnen freundliche Wachmänner sagten,
sie sollten nicht allzu viel Neugierde zeigen, denn das,
was da an Beton aus den Weinbergen am Ahr-Rotweinwanderweg quelle, sei eine höchst geheime Sache, NA-
TO und so, und der Bunker der Bundesregierung.

Die freundlichen Neugierigen hatten nicht einkalku-
liert, dass die meisten leitenden Kriminalbeamten, die
das Betonmonster rund um die Uhr bewachten, schon im
Krieg des Adolf Hitler an allen Fronten und in der Hei-
mat Ähnliches getan hatten. Und so reagierten die Beamten auch. Sie waren verbissen und es gab üble Streitereien,
wobei hier und da ein an den Fronten des Zweiten Weltkrieg erfahrener Wirt ausflippte und den Herren von der
Kripo bösartig sagte, sie sollten gefälligst seine Gäste in
Ruhe lassen, denn sie seien an der Ahr, um zu saufen und
nicht um sich belästigen zu lassen durch Schnüffler. Die
Kripomenschen wurden hart und happig und nicht selten
bekam ein Wirt die folgenschwere Äußerung zu hören,
dass er sich freuen könne, dass der Krieg vorbei sei, denn
im Krieg hätte der Kriminalbeamte ihm was ganz anderes gesagt und vor allem angetan. Die Folge war, dass die
Wirte schwiegen und nicht mehr bereit waren, sich mit
wem auch immer über den Bunker zu unterhalten.

Im Laufe der Jahre wurde die Überwachung der Bevölkerung subtiler. Unter Adenauer noch konnte ein Kripobeamter belfern, er werde die neugierigen Touristen schon zur Räson bringen, heute wird jeder, der Neugierde verspürt, schon durch die merkwürdig ängstliche Reaktion aller Leute aus dem Ahrtal davon abgehalten, allzu intensiv nach dem Bunker zu fragen. Er begreift sofort, dass er sich durch derlei Neugierde keine Freunde macht.

Nach Auskunft der Ahrtalbewohner sind Kripobeamte kaum noch damit beschäftigt, so zu tun, als gebe es den Bunker nicht. Das macht heutzutage der MAD, wobei ihm zuweilen, und mit hassvoller Belustigung betrachtet, sämtliche anderen auf dem Gebiet der Bundesregierung tätigen inländischen und ausländischen Geheimdienste Konkurrenz machen, vornehmlich der Geheimdienst der in Brüssel sitzenden NATO, aber auch die Herren der CIA. So ein Bunker ist ein wirklich interessanter Ort, da trifft man sich.

Die Überwachung der Nachrichtenlage um den Bunker ist vornehmlich nach dem Regierungswechsel in Bonn einfach und nahezu idiotensicher geregelt. Journalisten, die über dieses Ding etwas schreiben wollen, bekommen freundlich gesagt: »Das geht nicht! Das ist geheim! Das ist NATO-Bereich!« Wenn irgendein Angehöriger der Bundesregierung Auskunft geben wollte, so müsste er einen Kabinettsbeschluss herbeiführen, der ihm die Auskunft ermöglicht. Derartige Bemühungen bleiben also in grauer Theorie stecken.

Das Netz, das für Spione und solche, die so scheinen wollen, geknüpft wurde, ist äußerst grobmaschig, denn die Regierung scheint zurecht davon auszugehen, dass man über den Bunker eine Menge erfahren kann, wenn man nur will. Sobald diese gewollte Kenntnis zu sehr ins Detail geht, wird ein freundlich wirkender Riegel vorgeschoben, der zum Beispiel Meier oder Schulze oder Lehmann heißt. Das sind Spezialisten, die den allzu dreisten Neugierigen klarmachen, dass es den Bunker eigentlich auch gar nicht gibt.

Offensichtlich gingen die Herren des Bunkers von der Überlegung aus, dass jeder Neugierige sich an den Menschen halten wird, der am meisten über den Bunker zu wissen scheint. Diese Figuren, mindestens fünf an der Zahl, wurden mit viel Liebe freundlicherweise hergestellt.

Bei sehr intensiven Recherchen in den Kneipen der Ortschaften Bad Neuenahr, Ahrweiler, Walporzheim, Marienthal, Dernau, Rech, Mayschoß und so weiter fällt immer wieder der Name eines Mannes, den ich hier zur Erhaltung seiner Arbeitsstelle einfach Harry nenne, auf dass ihn niemand erkennt. Harry wurde mir unter der Hand als der Bunkerspezialist Nummer 1 im Ahrtal angedient. Harry sei prima, Harry sei bestens informiert, Harry würde auch ohne Weiteres alles wissen, denn er wisse schlichtweg alles und sei überhaupt ein dufter Kumpel.

Ich muss erwähnen: Wer überhaupt etwas über den Bunker wissen will, aus welchem Grund auch immer, muss zwangsläufig auf Harry stoßen, denn seine Funktion im Rahmen dieser Gesellschaft im Ahrtal ist so gestaltet, dass man, ohne Harry zu kennen, auf die Idee kommt, ihn zu fragen, weil er eben nach Art seiner Arbeit eigentlich alles über den Regierungsbunker wissen muss.

Zwei Dinge allerdings sind im Rahmen der Herstellung des Harry grundsätzlich schief gegangen: Freundlicherweise hat man ihn mit Hilfe weit vorangetriebener Planung und Bürokratisierung in einer Wohnung einquartiert, von der man mit Fug und Recht behaupten kann, dass sie Harry das ständige Leben im Bunker ermöglicht. Er wohnt nämlich nur ein paar Meter vom sogenannten Haupteingang in Marienthal entfernt und kann mit Erheiterung feststellen, dass zuweilen betrunkene Bundesgrenzschützer beim Absingen des Deutschlandliedes sich an Texte halten, die sie eigentlich nicht mehr kennen dürfen.

Der zweite Fehler ist auf Harrys eigene Mitarbeit bei seiner Herstellung zurückzuführen. Er selbst hat nämlich den Wirten unter der Hand geflüstert, dass sie ihn zwecks Erkundung des Bunkers als Geheimtipp weiterempfehlen sollen.

Beide Dinge zusammen ergeben ein eindeutiges Bild, Vorsicht scheint geboten. Ich habe die warnenden Sturmglocken in meinem Hirn außer Acht gelassen und bin mit sehr intensivem Vergnügen und nach vorheriger telefonischer Anmeldung zu Harry gegangen. Natürlich nachts, natürlich allein, natürlich ohne Tonband, »weil das mit dem Bunker ja letztendlich alles geheim ist«.

Ich will ehrlich sein: Ich wusste, dass Harry schon viele Male im Bunker gewesen ist. Muss er auch. Denn wenn er behaupten will, dass es den Bunker nicht gibt, muss er ihn wenigstens kennen. Es gibt da einen Bundestagsabgeordneten, der den Harry mag, und der hat ihm diesen Job verpasst und damit die Möglichkeit, dicht am Ort seiner Träume zu wohnen. Harry ist ein Bunkerfreak.

Zunächst sagt er, dass er ja liebend gern selbst was über den Bunker schreiben würde, dass er aber nicht kann, weil sein Beruf ihm keine Zeit dafür lässt, stressig ist, so aufreibend. »Aber wissen tu ich eigentlich alles.«

In sehr schneller Folge sagte er dann bei unserem Gespräch, dass der Bunker »mindestens zehntausend Personen« fasse, dass »dreißig Kilometer Stollen ja wohl etwas untertrieben« wären, dass seines sicheren Wissens nach der Bunker »eindeutig viergeschossig sei, zumindest im Haupttrakt«, »dass natürlich Bunkerstränge nach Norden zur Hauptstadt ziehen« und derlei nette Dinge mehr. Harry ist wirklich ein dufter Kumpel. Denn bei unserer zweiten Unterhaltung, wiederum spätabends, wiederum allein, wiederum ohne Tonband, fing er an, zu nörgeln. Das heißt, eigentlich nörgelte er nur an sich selbst. »Also nach Bonn gehen keine Stränge des Bunkers. Vielleicht einer nach Meckenheim.« Und dann mag er sich auch nicht mehr an die zehntausend Menschen erinnern. »Ich habe da wohl etwas zu viel Menschen reingepackt. Ich denke so dreitausend bis fünftausend. Natürlich kriegen die zehntausend rein, wenn sie unbedingt wollen.« Da ging ich dann tieftraurig.

Bei unserer fünften Unterhaltung im Laufe von drei Monaten wurde Harry richtig aggressiv.

»Nun sagen Sie mal, für wen arbeiten Sie eigentlich? Ich meine, bei wem sind Sie angestellt?«

Es war peinlich für mich, zugeben zu müssen, dass ich ein sogenannter freischaffender Journalist bin, Harry legt Wert auf klare, gepflegte Verhältnisse. Er schoss die brutale Frage ab: »Davon kann man doch nicht leben. Wer bezahlt denn Ihre Recherchen?«

Als ich antwortete, ich hätte schon wen, der die Spesen bezahlt, hatte ich ein richtig schlechtes Gewissen.

Aber Harry ließ sich beruhigen, musste sich auch beruhigen lassen, denn schließlich wollte er wohl was wissen, ich wusste ja bereits einiges von ihm.

Ganz selig, mir etwas Ungeheuerliches zeigen zu können, verschwand er in Richtung Küche und kehrte nach einer Weile wieder zurück. Er hielt ein Diarähmchen in der Hand. »Gucken Sie mal da drauf«, sagte er heftig atmend.

Das Dia zeigte den Haupteingang des Bunkers. »Und?«, fragte ich. »Was ist denn da besonders?«

»Sehen Sie die Masten über dem Eingang?«, fragte er mit leuchtenden Augen. »Na ja«, sagte ich. »Da stehen halt Masten in Friedenszeiten. Aber das interessiert mich doch gar nicht.«

»Aber mich«, schnappte er. »Wir wollen nämlich herausfinden, was diese Masten bedeuten.«

»Na ja«, gab ich zu bedenken, »vielleicht Funk und Fernsehen und so. Masten gehören doch zu einem Bunker, oder?«

Er sah mich an und sagte: »Sie können wiederkommen, wenn Sie herausgefunden haben, was diese Masten bedeuten.«

Ich wollte erneut sagen, dass mich die Masten nicht interessieren, aber das konnte ich nicht, denn Harry sagte im Brustton der Überzeugung: »Sie haben ja wohl kapiert, dass es sich nicht lohnt, ein Buch über den Bunker zu machen, denn Sie kommen erstens nicht rein und zweitens ist das Ding absolut nur ein Bunker. Und außerdem ziemlich karg möbiliert und so.«

Seitdem überlege ich, ob die Jungens von der CIA, natürlich in Abstimmung mit dem Bundeskanzler, dem Harry da hoch über den Haupteingang des Bunkers sechs Masten hingepflanzt haben.

Die Nachrichtenlage um den Bunker ist klar, überschaubar und ohne besondere Vorkommnisse.

Die Kosten

Alle Informanten, und insgesamt sind es mehr als hundert, waren vor allem daran interessiert zu erfahren, wie teuer dieser Bunkerbau gewesen ist. Zunächst ist wichtig, sich klarzumachen, dass der Bau des Monstrums zehn Jahre in Anspruch nahm, danach jedoch nach einwandfreien Aussagen immer weiterging. Der Maurer gehört heute nach wie vor zur ständigen Mannschaft im Bunker. Es ist ausgebaut, umgebaut und weitergebaut worden, es wurden Maschinen angeschafft, weil die alten unbrauchbar waren oder nicht mehr zeitgemäß. Umfassend Informierte sprechen ohne Skrupel von einer »ständigen Baustelle«, noch dazu von einer »sehr teuren«.

In sehr weit links stehenden – leider unter Ausschluss einer genügenden Öffentlichkeit erscheinenden – Blättern ist zu lesen, dass der Bau des Bunkers vermutlich um die sechzig Milliarden Mark gekostet hat. Das wäre ein Viertel des ordentlichen Gesamthaushaltes der Bundesrepublik des Jahres 1984. Diese sechzig Milliarden wurden vom Hausherrn, in Friedenszeiten ist das der Innenminister dieser Republik, in keiner Weise kommentiert, auch nicht dementiert. Ein Nachweis dieser oder irgendeiner anderen errechneten Summe, ist nicht möglich, denn selbst Spezialisten der Bundeshaushalte der sechziger Jahre wissen nicht, wo sie die Summen für den Bunkerbau zu suchen haben.

Die sattsam bekannten Vergleiche – etwa: ein Kilometer Autobahn kostet rund zwei Millionen, ein Kilometer Stollen im Bunker kostet das Hundertfache – erscheinen nicht statthaft. Sie würden nur der Aufregung des Lesers dienen, nicht aber seiner Aufklärung.

Eines ist jedoch möglich: Ungefähr zu sagen, was denn ein Kilometer Stollen de luxe heutzutage kosten würde, wobei man von einer gewissen Stärke der Betonummantelung der Röhre ausgehen kann sowie von einer Auslegung im Inneren mit Spezialkunststoffen. Die einhellige Meinung von Fachleuten ist: unter achthundert Millionen Mark ist ein Kilometer nicht zu bauen, wobei die Ausstaffierung mit Kunststoff wahrscheinlich ebenso teuer ist wie der Stahlbetonmantel selbst. Unter Berücksichtigung aller Kostenfaktoren muss ich also zu dem Schluss kommen, dass die Bundesregierung für den Bau des Bunkers in zehn Jahren mindestens dreißig Milliarden ausgegeben hat. Unter dieser Summe läuft gar nichts. Bei den eventuell zuständigen Stellen, also etwa dem Baureferat der Stadt Bad Neuenahr/Ahrweiler ist ein Blick auf den Bauplan des Bunkers nach Auskunft gequälter Stadtangestellter deshalb nicht möglich, »weil wir die Pläne nicht haben«. Auch die Verwaltung des Landkreises Ahrweiler hat diese Pläne nicht, sagt jedoch, »dass sie mal da waren und jetzt irgendwohin gekommen sind, wo sie wohl sicher liegen«.

Das Bundesinnenministerium, das einen Rundgang durch den Bunker der Bundesregierung mit Lachen ablehnt, weil »das Ding so geheim ist, dass es eigentlich gar nicht existiert«, hat selbstredend auch keine Pläne. Doch ist bekannt, dass im Bau des Bunkers Schwachstellen sind, die seit Jahren die Fachleute beschäftigen. Eine Schwachstelle: Die Klimaanlage. In dem Bemühen, ein geschlossenes, von außen nicht beeinflussbares Röhrensystem zu schaffen, sind Risiken enthalten. Wie Bergleute wissen, entsteht in geschlossenen Systemen unter Tage Hitze. Die Bunkerbauer haben festgestellt, dass die Temperatur im Bunker bei Belegung mit Tausenden von Menschen »auf mindestens 24 Grad, wahrscheinlich aber weit höher« steigen wird. Das bedeutet, dass die Menschen im Bunker in subtropischen Temperaturen arbeiten und leben werden. Es werden aller Wahrscheinlichkeit nach Temperaturen sein, wie sie der Nordeuropäer nur einmal im Jahr genießen will, dann nämlich, wenn er im Süden Urlaub macht. Es ist unbekannt, wie dieser Temperaturwechsel sich auswirken wird, angenehm wird er in keinem Fall sein. Die letzten Korrekturen an der Belüftungsanlage des Bunkers fanden denn auch vor ein paar Wochen statt. Gewaltige Zinkschachtanlagen wurden abtransportiert und definiert als »Teile der neuen Klimaanlage«.

Die KZ-Industrie

Zum gleichen Zeitpunkt veröffentlichte der SPIE-
GEL (Heft 2/84) eine Geschichte unter dem Titel WIE
KZ-HÄFTLINGE IN RÜSTUNGSBETRIEBEN GE-
QUÄLT WURDEN / IN DEN REISSWOLF eine Geschichte, die ich in vollem Wortlaut wiedergeben will,
weil sie die Frage beantwortet: Warum nämlich ausgerechnet in einem Eisenbahntunnel des völlig unbekannten, unwichtigen Dörfchens Dernau an der Ahr
ein KZ entstehen konnte:

»Mitten in Hannover gab es sieben Konzentrationslager, in denen Tausende von Häftlingen zu Tode gequält
wurden.

›Hier gab es doch keine KZs.‹ Diesen Satz hörte der
hannoversche Historiker Rainer Fröbe immer wieder,
als er vor Jahren zusammen mit Kollegen Flugblätter
gegen Neonazis verteilte. Dass das nicht stimmte, so
Fröbe, ›haben wir damals schon gewusst, aber nicht,
wie es genau war‹. Jetzt weiß er es genau. Unter dem Titel ›Konzentrationslager in Hannover. Zur Verflechtung
von KZ-Arbeit und Rüstungsindustrie in der Spätphase
des Zweiten Weltkrieges‹ erscheint dieses Jahr eine umfassende Studie über ein andernorts verdrängtes Stück
Geschichte. Was Fachhistoriker unter Leitung von Professor Herbert Obenaus von der Uni Hannover auf über
tausend Manuskriptseiten dokumentieren, sprengt den
Rahmen des bloß Lokalen: Nirgendwo in Deutschland
ist in vergleichbarer Breite belegt worden, dass in Werk-
hallen tätige KZ-Häftlinge auf das grausamste gequält
wurden.

Die sieben Konzentrationslager, die es in Hannover gab, lagen durchweg in der Nähe von Werken, in denen die Häftlinge Zwangsarbeit zu leisten hatten. Polinnen aus Warschau stellten bei der Firma Max Müller in Langenhagen Flugzeugteile her. Jüdische Häftlinge aus Lodz bauten für die Continental-Gummiwerke unterirdische Stollen zu Fabrikräumen aus. Französische Widerstandskämpferinnen fertigten bei Conti Gasmasken. Häftlinge aus ganz West- und Osteuropa leisteten in der zerbombten Erdölraffinerie der Deurag-Nerag in Misburg Aufräumungsarbeiten.

In einem drei Monate vor Kriegsende eingerichteten Lager im Stadtteil Mühlenberg lebten 500 Männer aus einem Außenlager von Ausschwitz, die jeden Tag zu der zwei Fußstunden entfernten Lastwagenfabrik Hanomag marschieren mussten, um Flugabwehrgeschütze zu fabrizieren. Tausende von Hannoveranern sahen den täglichen Elendszug der Häftlinge in Holzschuhen.

Dass die NS-Herrscher gegen Kriegsende KZ-Außenlager immer häufiger auch in Städten errichteten, lag an der immer prekärer werdenden Lage der Rüstungsindustrie: In den zerbombten Betrieben fehlte es an Arbeitskräften.

›Die Verwahrung von Häftlingen nur aus sicherheitserzieherischen oder vorbeugenden Gründen‹, schrieb im April 1942 Obergruppenführer Oswald Pohl vom SS-Wirtschafts- und Verwaltungshauptamt, ›steht nicht mehr im Vordergrund. Das Schwergewicht hat sich nach der wirtschaftlichen Seite hin verlagert. Die Mobilisierung aller Häftlingsarbeitskräfte ... für Kriegsaufgaben ... schiebt sich immer mehr in den Vordergrund.‹

Erstmals offerierte die SS im Jahre 1943 der hannoverschen Rüstungswirtschaft Arbeitskräfte aus abseits ge-
legenen Stammlagern – und die Industrie bediente sich.
Im Juli jenes Jahres wurden 500 Häftlinge aus dem KZ
Neuengamme in Hamburg nach Hannover überstellt.

Die Akkumulatoren-Fabrik Afa, die heutige Varta,
hatte mit der SS einen Vertrag abgeschlossen, nach dem
SS-Wachmannschaften für Einrichtung und Unterhaltung der Lager sorgten und die Afa ›RM 6,— für einen
Facharbeiter, RM 4,— für einen Hilfsarbeiter‹ pro Tag
an die SS zahlte. Für Nachschub war gesorgt: ›Die kranken Häftlinge, die zur Arbeit nicht wieder eingesetzt
werden können, werden gegen arbeitsfähige Häftlinge
vom KL Neuengamme ausgetauscht.‹

Das neue ökonomische Konzept veränderte nicht
den Charakter der Todesmaschinerie. Himmlers De-
vise von der ›Vernichtung durch Arbeit‹ wurde auch
in Hannover befolgt: SS-Männer und Kapos quälten
die Gefangenen wie zuvor in den Stammlagern. Un-
menschliche Arbeitsbedingungen – Zwölf-Stunden-
Tag, lange Anmarschwege, schlechte Verpflegung –
forderten Opfer.

Bei der Evakuierung der hannoverschen Lager – die
Gefangenen wurden vor dem Einmarsch der Amerikaner nach Bergen-Belsen getrieben – lebten 5.000 Häftlinge. Aufgrund des Ersatzes von Kranken und Gestorbe-
nen wird die Zahl derer, die bei oder unmittelbar nach
dem Arbeitseinsatz in Hannover umkamen, auf mindestens die doppelte Anzahl geschätzt.

Während der Arbeit standen KZ-Häftlinge und Hannoveraner gemeinsam in den Werkshallen. Trotz strik-

ten Redeverbots war Kontaktaufnahme durchaus möglich. Doch Solidarität vonseiten der Hannoveraner gab
es nur selten.

›Der Meister X., ein wahrer Tyrann in dieser Halle,
überwachte unsere Arbeit unaufhörlich und feuerte
die Kapos, die der Anfeuerung gar nicht bedurften, an,
uns zu schlagen‹, berichtet ein französischer Häftling
aus der Afa-Bleiabteilung: ›Wegen Nicht-Erreichen des
Arbeitssolls wurden wir andauernden Misshandlungen unterworfen. Alle Tage wurde ein Häftling in dem
Trockenboden der Fabrik eingeschlossen, und vier oder
fünf Kapos befriedigten ihre sadistischen Instinkte, indem sie ihr Opfer mit einem bleigefüllten Gummiknüp-
pel niederschlugen.‹

In den Continental-Gummiwerken beteiligten sich,
so die hannoverschen Historiker, auch Arbeiter an
den Misshandlungen. Ein Meister etwa zwang ältere
Häftlinge, den Haarschopf in heiße Gummimasse zu
tunken. In der offiziellen Firmengeschichte ›Continental 1871-1971: Ein Jahrhundert Fortschritt und Leistung‹
freilich fehlen Hinweise auf solche Vorkommnisse: ›Es
erfüllt die Werksleitung mit besonderer Befriedigung‹,
heißt es da lediglich, ›dass sich aus dieser zwangswei-
sen Beschäftigung von Ausländern für die Continental
keinerlei Verfahren ergeben haben.‹

Firmenbedienstete, die sich gegenüber den Häftlingen menschlich verhielten, ernteten Tadel. ›Als die ersten Häftlinge in meine Abteilung kamen‹, erinnert sich
ein Afa-Ingenieur, ›waren noch einige Schutzhandschu-
he vorhanden, die vom Meister an die Häftlinge ausgegeben wurden. Aber sofort darauf kamen Direktor …

und der junge Ingenieur C. aus der Betriebsleitung und machten mir deswegen Vorhaltungen. Ich musste die Handschuhe wieder einziehen.‹

Immerhin können die Historiker auch von einem Meister berichten, der die völlig geschwächten Häftlinge mit leichten Arbeiten beschäftigte. Oder von der Solidarität einzelner deutscher Arbeiterinnen mit weiblichen Häftlingen, durch die der Terror der SS-Aufseherinnen ein wenig gemildert wurde.

Die Bevölkerung nahm von den KZ-Insassen bis zum Einmarsch der US-Truppen kaum Notiz. Eine Augenzeugin erinnert sich, dass die Amerikaner beim Betreten des KZ Ahlen so empört waren, dass die deutschen Einwohner fürchteten, erschossen zu werden.

›Alle Frauen und noch vorhandene Männer‹, erzählt die Ahlenerin, ›mussten antreten und die Baracke saubermachen. Uns bot sich ein grausiges Bild, als wir die lebenden Skelette auf ihren verschimmelten Strohpritschen sahen, bei denen der Kot von den oberen auf die unteren lief. Die Kapos und die SS waren auf und davon, und die Gefangenen hatten drei Tage nichts mehr zu trinken bekommen.‹ Nicht minder düster als der Abschnitt über die NS-Zeit mutet die Aufarbeitung und Verdrängung an. Als 1946 auf dem Seelhorster Friedhof der Ermordeten gedacht wurde, erschienen gerade 300 Menschen. ›Hannoveraner, wo seid ihr?‹, rief ein Redner, ›habt ihr die Opfer schon vergessen?‹

Die Lager wurden schnellstens abgerissen, ein Holzkreuz am Massengrab des Lagers Mühlenberg von Unbekannten entfernt. Im Jahre 1950 löste das Land auch den ›Hauptausschuss politischer Häftlinge in Hanno-

ver‹ auf, dessen Mitglieder sich im Auftrag des Sozi-
alamtes um Leidensgenossen gekümmert hatten. Die
Ex-Häftlinge mussten ihre gesamten Akten, darunter
viele belastende Aussagen über Lager-Bewerber, in der
Stadtverwaltung abliefern. Wenige Wochen später wurde das Material im Sozialamt durch den Reißwolf ge-
dreht – ›versehentlich‹, wie es hieß.

Und als der Ex-Häftling Arnold Jensen vor einiger
Zeit bei der Batterie-Fabrik Varta nachfragte, ob sie ehe-
maligen Häftlingen in Dänemark beim Bau eines Erho-
lungsheims helfen könne, erkannte die Firma dazu ›weder eine rechtliche noch eine moralische Verpflichtung‹.

Die Firma habe lediglich ›die Arbeitskraft in Anspruch genommen‹, und dafür sei schließlich ›ein ent-
sprechendes Entgelt gezahlt‹ worden.«

Die KZ-Nachlese

Wenn ja, wann war dieses KZ in Marienthal bombardiert worden? Gab es Fotos vom KZ Dernau? Wenn dieses KZ als entschädigungswürdig nach dem Bundesentschädigungsgesetz galt, wer hatte mit einem Antrag
auf Entschädigung bewirkt, dass dem KZ Dernau dieser Status zugebilligt worden war? Wo war der an-
gebliche SS-Schläger Axer?

Es gab schlimme Informationen zum KZ in Dernau.
Sie sahen meist aus, wie diese hier: »Ein KZ in Dernau?
Natürlich! Das habe ich immer gewusst, das ist doch
nichts Neues. Aber ein richtiges KZ war das doch nicht.
Da waren doch nur die VIP-Juden (very important Per-

sons) drin, die besonders viel Ahnung von Technik hatten. Die mussten doch die V2 zusammensetzen. Nein, das war kein KZ in dem Sinne, das war eher ein sanftes Arbeitslager für Techniker aus den Judenkreisen.«

Zum letzten Punkt, zum Fall Axer gab es Hinweise. Zunächst einen Brief, geschrieben am 1. März 1947 im Haus Hindenburgstraße 7, in Sinzig, geschrieben vom ersten Justizminister der französischen Besatzungszone, dem Dr. jur. Adolf Süsterhenn, an einen Verwaltungsbeamten im Ahrtal:

»… Im Augenblick habe ich aber eine wichtige Bitte an Sie, deren Erfüllung unserer Christlich-Demokratischen Partei hier in Unkel wichtige Dienste leisten würde. In Unkel betätigt sich als führender Kommunist ein gewisser Gerhard Axer, der nicht nur politisch, sondern auch durch körperliche Misshandlungen die Bevölkerung hier terrorisiert. Von diesem Gerhard Axer wird erzählt, dass er während des Krieges in Dernau gelebt haben soll und als SS-Sturmführer (?) oder in einer ähnlichen Eigenschaft als Bewachung der politischen Gefangenen tätig gewesen sein soll, die in oder bei Dernau in einem Rüstungswerk gearbeitet haben, welches sich in einem Tunnel oder dergleichen befunden haben soll.

Ich wäre Ihnen außerordentlich dankbar, …«

Zunächst ergaben die Recherchen nur, dass Axer tatsächlich in Unkel untergetaucht war und sich sofort bei der Kommunistischen Partei eingeschrieben hatte. Dann allerdings muss man ihm Feuer unter dem Hintern gemacht haben, denn am 26. März 1949 verzog er von Unkel nach Köln. Dort wohnte er im Stadtteil Klettenberg in der Nonnenstrombergstraße 13. Anfragen beim Kölner Einwohnermeldeamt ergaben zunächst, dass er von dort wiederum verzogen ist. Wohin, konnte das Amt nicht sagen. Begründung: »Wir haben keine Leute hier, die Zeit haben, das festzustellen.« Endlich, nach vierzehn Tagen Klarheit: Axer starb am 26.1.1984 in Karsbach bei Linz. Ich kam um wenige Tage zu spät.

Es gab Fragen über Fragen, die allein diesen Komplex betrafen. Dann ein Zwischenfall von vielen. Plötzlich höre ich von einem Gerücht, dass angeblich ein General der Bundeswehr im Regierungsbunker an der Ahr Selbstmord begangen hat. Ich verliere damit drei Tage, denn so lange dauern die Recherchen zur Klärung. Angeblich hat der Künstler Joseph Beuys einen Schüler, dessen Vater eben jener General war. Endlich erreiche ich den Professor Beuys, der freundlich erklärt: »Ja, ich habe was gegen diesen Bunker. Das ist elitärer Unsinn. Ich wollte dem Eingang in Marienthal gegenüber einmal eine Parzelle Land kaufen, um ständig den Eingang zu beobachten und die Leute zu verunsichern. Ich wollte denen die Gewissheit geben: Ihr werdet beobachtet. Aber das schlug fehl. Dass ich einen Schüler hatte, dessen Vater ein General war, der sich im Bunker umbrachte, stimmt nicht.«

Andere Spuren sind zu verfolgen. Es kommen harte und eindeutige Hinweise, dass eine große Gruppe Bauarbeiter nach Fertigstellung des dritten Bunkerbauwerks verlegt wurden nach Mechernich in die Eifel. Das ist nicht weit vom Bunker entfernt, nicht weit genug jedenfalls, um nicht ein ganzes System von unterirdischen Stollen möglich zu machen. In der Gegend von Mechernich wurde Blei abgebaut, die Stollen eignen sich hervorragend als Ausgangspunkt eines solchen Systems. Es vergeht beinahe eine Woche, ehe ich begreifen muss, dass diese Spur für mich nicht weiterführt.

Dann stellt sich in der Kombination des Bundesarchivs mit dem amerikanischen Document Center in Washington-Alexandria heraus, dass der Internationale Suchdienst des Internationalen Roten Kreuzes in Arolsen mit Sicherheit das einzige Archiv ist, das direkte, das Dernauer KZ betreffende Unterlagen hat. Aber Arolsen will nicht.

»Mit Rücksicht auf Persönlichkeitsrechte dürfen wir nur berechtigten Personen Haftzeiten und dergleichen bestätigen. Wir haben hier zwar drei oder vier Transporte vom KZ Buchenwald in das Außenkommando Dernau, auch mit Namen, aber wir dürfen das nicht weitergeben. Wir wissen zwar, dass wir damit bei wissenschaftlichen Arbeiten hinderlich sind, aber das ist nun mal so.«

Auf die ausdrückliche Frage, ob bekannt sei, ob es sich bei den Insassen des KZs in Dernau um Juden oder Russen oder Angehörige anderer Nationen gehandelt habe, bekam ich die Antwort: »Das wissen wir nicht. Die Vornamen sind abgekürzt.«

Inzwischen kann ich feststellen, dass auf dem Gelände des KZs in Dernau nicht ein unterirdischer Bunkerraum war, sondern gleich drei. Ein Informant bringt Fotos, auf denen das deutlich wird.

Außerdem wird klar, dass um die offenen Rohrmündungen in zumindest einem der Bunker ein ziemlich übles Gerücht geht. Es scheint sich zu verdichten, dass ein inzwischen verstorbener Installationshandwerker aus Dernau eine Wasserleitung in das KZ gezogen hat. Damit sollen angeblich die Bunker unter Wasser gesetzt werden können.

Das muss so lange ein Gerücht bleiben, bis aus französischen Quellen die aufgezeichneten Aussagen dieses Handwerkers zurate gezogen werden können. Immer noch bleibt die Frage, wo denn 81 KZ-Insassen geblieben sind. Das KZ wurde zu Beginn seiner Existenz mit 180 Häftlingen belegt. Als es nach Dora-Mittelbau in Thüringen verlegt wurde, zählte man 99 Häftlinge. Ist also der Verdacht gerechtfertigt, dass viele umgekommen sind oder gar getötet wurden? Die Geschichte eines jeden KZs hat, wie die Geschichte bewies, eine schlimme Dynamik.

Dann finde ich in den geheimen Akten des KZ Buchenwald einen Brief. Er wirkt nicht beruhigend, aber immerhin klärend.

Der Standortarzt der Waffen-SS in Weimar schrieb am 20. Juli 1944 »an den Herrn Landrat des Landkreises Zeitz (Thüringen). GEHEIM. Betreff: Einäscherung verstorbener Häftlinge im Außenkommando Tröglitz-Gleina«, dass der Transport von Leichen zur Einäscherung im Krematorium Gera offensichtlich aus Benzinmangel nicht funktioniert. Dass aber der Herr Landrat dafür Sorge zu tragen habe, dass die Leichen auf keinen Fall zu einer Erdbestattung freigegeben würden. Denn: Laut einer Geheimverfügung gebe es einen strikten Befehl des Reichsführers-SS, wonach Leichen verstorbener Häftlinge unverzüglich einzuäschern seien. In diesem Fall müsse man also Benzin besorgen.

Wo in der Nähe von Dernau ist ein Krematorium? 1944, so lässt sich ermitteln, war in unmittelbarer Nähe des Lagers keines. Nicht verwunderlich, denn die Bevölkerung des Ahrtales ist streng katholisch. Also bleiben Köln und Düsseldorf. Bis ein Informant einen wichtigen Hinweis gibt: In Hadamar bei Limburg, ungefähr sechzig Kilometer entfernt, sind über zehntausend Häftlinge verbrannt worden. Aber Transporte sind nicht nachzuweisen, oder sie befinden sich in den Aufzeichnungen in Arolsen.

Allerdings finden sich andere Hinweise in Archiven, die es geraten erscheinen lassen, doch einmal die alten Bunkerräume im KZ Dernau auszugraben. Nicht eindeutig ist der geheime Befehl des Reichsführers-SS, alle toten KZ-Häftlinge einäschern zu lassen. Am 2.11.1942 nämlich schrieb der SS-Standartenführer Wolfram Sievers einen Brief an den SS-Obersturmbannführer Dr. Brandt. Sievers schrieb als der »Reichsgeschäftsführer« des Amtes »Das Ahnenerbe« an Brandt, es ging ihm darum, einem Parteifreund einen Gefallen zu tun. Die Universität Straßburg nämlich wollte eine Skelettsammlung anlegen.

»Lieber Kamerad Brandt! Wie Sie wissen hat der Reichsführer-SS seinerzeit angeordnet, dass SS-Hauptsturmführer Prof. Dr. Hirt für seine Forschungen alles bekommen soll, was er braucht. Für bestimmte anthropologische Untersuchungen – ich berichtete dem Reichsführer-SS auch bereits darüber – sind nun 150 Skelette von Häftlingen bzw. Juden notwendig, die vom KL Auschwitz zur Verfügung gestellt werden sollen. Es ist dazu nur noch erforderlich, dass das Reichssicher-

heitshauptamt eine offizielle Anweisung des Reichsführers-SS erhält, die aber auch Sie im Auftrage des Reichsführers-SS erteilen können. Heil Hitler!«

Wenn also die sogenannte Befehlslage im Dritten
Reich nicht klar war, zumindest nicht immer klar war,
scheint es eine Bemühung wert, in Dernau zu untersuchen, ob Spuren unbekannter Gräueltaten gefunden
werden. Es ist nicht gut, eine offene Situation zu belas-
sen.

Sicher wird in diesen Tagen aus den Akten Folgendes: In den Stollen wurde nicht die V 1 montiert, lediglich die V 2.

Sicher wird noch eines: Diese merkwürdige Bahnlinie ist nicht erst im Zuge der Reparationsleistungen
auf Wunsch der Franzosen gebaut worden. Bereits 1913
wird diese Bahnlinie erwähnt. Und zwar heißt sie in
den Akten der alten Reichsbahn offiziell die »Linie
Dernau-Liblar«. Zunächst erscheint sie unnötig wie ein
Kropf, aber dann dämmert eine Vermutung.

Es wird nicht klar, ob jemals auf dem Bahndamm
und in den Tunnels Schienen verlegt wurden, klar
wird nur, weshalb die Linie wahrscheinlich gezogen
wurde. Nicht die Franzosen wollten nach dem Ersten
Weltkrieg die Braunkohle aus dem Kölner Becken nach
Lothringen gebracht bekommen, sondern die Deutschen hatten von Beginn an die Verhüttungsmöglich-
keiten dieser Kohle in französischen Werken im Auge. Die Trasse war 1913 im Bau. Nie genehmigt wurde
dagegen nach dem Versailler Vertrag eine Inbetrieb-
nahme. Die Verfrachtung von Kohle aus dem Zentrum
der Braunkohle in Liblar nach Dernau zum Anschluss

an die dort im Ahrtal verlaufende Reichsbahnlinie fand nicht statt.

Die meisten dieser Tatsachen gehen aus einem wütenden Brief »An die Kanzlei des Führers der NSDAP in Berlin« hervor, in dem der Kreisbauernführer Hermann aus dem winzigen Nest Ringen gegen den »Bahnkörper« wettert, der ihm und den fünfzehn Landwirten, die den Brief mitunterzeichneten, die Wege zu den Feldern versperrte.

Die Eisenbahntunnels übrigens hatten gegen Ende des Krieges eine eindeutig gute Nutzung. Bad Neuenahr und Ahrweiler nämlich brachten fast ihre gesamte Bevölkerung dort hinein, um sie vor den wütenden und panischen Luftangriffen der Alliierten zu schützen. Auf der anderen Seite in Dernau wurde Gleiches beobachtet. Insgesamt sind etwa siebzig bis achtzig Menschen damals in den Tunnels an Typhus und den Folgen von Erkältungen gestorben. Das waren besonders Neugeborene und alte Leute.

Zum Bunker selbst sprechen andere Informanten, die nachweislich bis 1967 in den Stollen gearbeitet haben, dass das dritte Bauwerk keineswegs angelegt worden sei, um Bunkerstränge in Richtung Bonn zu bauen, sondern um riesige Mengen an Heizöl und Dieselkraftstoff einzulagern. Sie sagen, dass die Luftschächte keineswegs einen Durchmesser von zehn Metern haben, sondern schmaler im Zickzack verlaufen und Filter für Staub, ABC-Waffen und atombombenverseuchte Luft eingebaut sind. Sie sagen, dass nach ihren Schätzungen zwischen zweitausendfünfhundert und siebentausend Menschen das Überleben versuchen wollen, dass aber auf keinen

Fall unter der Erde eine Stadt liege, sondern vielmehr eine kasernenähnliche Einrichtung, in der man auf jede Fröhlichkeit verzichtend sogar die Zigaretten an einer sehr militärischen Rauchwarenausgabe vornehme.

Aber jeder dieser Informanten sagt: »Das ist mit Abstand der größte Bunker der Bundesrepublik.« Und diese Informanten müssen es wissen, denn sie sind bei Firmen angestellt, die seit fast drei Jahrzehnten nichts anderes bauen als Bunker im In- und Ausland.

Dieses Bemühen, den Bunker der Bundesregierung deutlich zu verharmlosen, ändert absolut nichts an der Tatsache, dass eigentlich niemand in diesem Klotz einen Sinn entdecken kann.

Mitte Januar wende ich mich an das Persönliche Büro Willy Brandts. Für mich ist dieser Mann eine moralische Institution. Wenn er etwas weiß, wird er es sagen. Ich stelle im Wesentlichen eine Frage: Haben Sie gewusst, dass der Regierungsbunker auf einem KZ gebaut wurde? Am 31. Januar 1984 lässt Willy Brandt mir durch Klaus-Henning Rosen bestellen: Ich habe es nicht gewusst.

In der Arbeit mit Archiven, Staatsanwaltschaft, Einwohnermeldeämtern, Bundesarchiv und anderen Quellen kommt ganz sanft bei einem Besuch im Ahrtal (nach meinem Tagebuch ist es der einundvierzigste) vom Informanten Nr. 74 ein Hinweis:

»Hast du schon einmal das BKA in Meckenheim angeschaut?«

»Nein. Was ist das?«

»Vor vier Jahren gebaut, sieh dir das mal an und du weißt, weshalb die Leute flüstern.«

»Was flüstern die Leute?«

»Die Leute flüstern, dass diese Außenstelle des Bundeskriminalamtes nur wegen des Bunkers an den Rand von Meckenheim gesetzt wurde. Mit anderen Worten: die Leute meinen, der wirkliche Eingang in das Bunkersystem liegt dort.«

»Und? Könnte das sein?«

»Das kann wirklich sein. Sieh es dir an.«

Ich muss gestehen, dass ich verblüfft war. Ich fuhr, um in der Realität zu bleiben, auf die Autobahn vor dem Meckenheimer Kreuz, nahm den Weg über das Teilstück der Autobahn, die Lande- oder Startbahn bei NATO-Manövern ist, an der jener merkwürdige Rastplatz »Swisttal« liegt, der niemals für den Verkehr geöffnet wurde. Dann fuhr ich auf die Schnellstraße, die hier Gelsdorfer Straße heißt. Zunächst ist sie kilometerlang eine Piste für höchste Geschwindigkeiten, wobei die Frage auftaucht, wozu in das relativ menschenleere Gebiet diese Schnellstraße überhaupt gebaut wurde. Parallel dazu verläuft nämlich die Autobahn Meckenheim-Bonn.

Etwas eng wird die Ortsdurchfahrt in Meckenheim auf einigen hundert Metern. Dann öffnet sich die direkt auf Bonn zuführende Straße wieder, wird wieder zur Piste, heißt Meckenheimer Allee und führt direkt in das Zentrum Bonns. Und rechter Hand, am Rande die ser Schnellstraße, direkt in einem Dreieck, das Schnellstraße, Autobahn und Zubringer kombiniert, in einem für hohe Geschwindigkeiten angelegten Kreuz, liegt – o Wunder – die Dependance des Bundeskriminalamtes.

Es ist das einzige Haus mitten in diesem Verteiler. Es kann sowohl direkt über die Schnellstraße wie direkt über die Autobahn, wie direkt von den Zubringern angefahren werden. Das Gebäude liegt, gebaut wie ein Raumschiff, geradezu phantastisch. Es steht nicht Bundeskriminalamt dran, aber an der Bushaltestelle vor dem Haus ist »BKA« zu lesen.

Ich habe versucht nachzufragen, ob das Haus über einen besonders hübschen Keller verfügt, mit etwaigen Kellerräumen, die niemand betritt, niemand betreten darf. Ich habe, kurz gesagt, gefragt, ob ich vom Keller des BKA in den Bunker der Bundesregierung gelangen kann. Natürlich gab niemand Auskunft, niemand mochte sagen, dass das geht, weil niemand wissen dürfte, wenn das denn möglich sein sollte.

Ein Bundeswehrangehöriger, den ich hier Wolfgang nenne, kommentierte die Theorie so: »Das hat etwas Frappierendes. Technisch ist das keine Schwierigkeit. Besonders wäre das aus einem Grund gut. Ich umgehe damit die möglichen Schwierigkeiten, die eine Ortsdurchfahrt von Meckenheim in sich bergen kann. Zweitens ist das mit dem BKA sehr logisch, weil es auf einer direkten Linie zwischen dem Bunker und Bonn liegt. Drittens ist das BKA in Minuten zu erreichen. Es erfüllt also an diesem Punkt die wichtigste Voraussetzung im Falle der Krise: Es ist erreichbar.« Das blieb Verdacht, denn niemand kann bestätigen, dass es so ist. Die Autobahnverbindung Bonn zum Autobahnkreuz Meckenheim wurde zur gleichen Zeit gebaut, wie der Bunker: Vor fünfzehn Jahren, als der Bau des Bunkers in seinem letzten Jahr war. Der Ausbau der Meckenheimer Allee aus dem Zentrum Bonns heraus war nicht nötig. Die Meckenheimer Allee ist eine uralte Trasse, die schon von den Herrenreitern des niemals verträumten

Universitätsstädtchens begeistert beritten wurde. Diese Trasse ist ein alter Römerweg.

Es tauchte eine weitere Schwierigkeit auf. Das »National Archives Microfilm Publications«, eine Institution der Amerikaner, stellte eine Seite NS-Akten zur Verfügung, die mit »Geheim« gestempelt war und das Datum vom 4.8.1944 trug. Unter der Rubrik »Unterirdische Räume« sowie »I Eisenbahntunnel« enthält diese Seite die Codenamen der Nazis für die Tunnel an der Ahr. Die erste Eintragung lautet vollständig:

»4 weitere Ahrtaltunnel, Kuxbergtunnel, – Rebstock – 11.000 OKH Wa Prüf 11 Gollnow«

Die Entschlüsselung war bis auf eine Position ziemlich einfach. Was bedeutete die Zahl 11.000? Es dauerte drei volle Arbeitstage, bis ich herausgefunden hatte, was es heißt. In einer drei Monate später erstellten Liste des Reichsministers für die Rüstung, Speer, war diese Zahl erklärt. Sie bedeutet die Nutzfläche in Quadratmetern.

Dann ein erheblicher Tiefschlag. Die Staatsanwaltschaft in Koblenz, präzise: der Oberstaatsanwalt Wippermann, teilt mit, dass ich die Akten, die unter dem Zeichen 9 Js 54/68 die staatsanwaltschaftlichen Ermittlungen in Sachen KZ Dernau beinhalten, sicherlich einsehen kann. Aber nicht in den nächsten Tagen und Wochen. Erklärung: »Die sind bereits verpackt für den Weg ins Landesarchiv.« Aber offensichtlich hat der Oberstaatsanwalt Wippermann ein Einsehen und offensichtlich hat er Kopien von diesen in das Landesarchiv geschickten Akten. Als dieses Buch schon produziert wird, schickt er mir einen Brief. Er lautet:

»Das Ermittlungsverfahren 9 Js 54/68 StA Koblenz befasste sich mit Straftaten in dem Teillager Cochen-Bruttig-Treis des Konzentrationslagers Natzweiler. Diese Akten werden in den nächsten Tagen an das Landeshauptarchiv in Koblenz, Karmeliterstraße 1, abgeliefert (Nr. 168 des Übergabeverzeichnisses).

Ermittlungs- bzw. Strafverfahren gegen einen Gerhard Axer bzw. gegen Verantwortliche des Außenlagers des Konzentrationslagers Buchenwald in Dernau/Ahr konnten nicht festgestellt werden.«

Das kann aber nur bedeuten, dass das Teillager Cochen-Bruttig-Treis irgendwie mit dem KZ in Dernau zusammenhängt. Also werden nach Erscheinen dieses Buches die Recherchen weitergehen.

DAS LEBEN IM BUNKER

Die Geschichte der alten Eisenbahntunnel, in denen niemals ein Zug fuhr, des Regierungsbunkers, der auf einem KZ gebaut wurde, das jedermann schleunigst zu vergessen versuchte, macht dies deutlich: Wir erkennen keinen deutlichen Bruch mit der Geschichte, keinen tatsächlichen Neuanfang. Und die Informanten gehen denn auch in der Regel sofort dazu über, die Alltäglichkeiten des Bunkerlebens zu schildern, als seien sie besonders wichtig. Ich habe hier Einzelheiten zusammengetragen, damit erkennbar werden kann, was angeblich jedermann lesen will, was jedoch den Planern des Bunkers mit Sicherheit Schwierigkeiten bereitet hat. Ich kann nicht für jede Einzelheit die Hand ins Feuer legen.

Zunächst brachten Neonlicht und kaltgraue Beton-
wand den das Überleben Probenden um den Verstand.
Also wurden neue Lichtformen entwickelt und eingebaut. Die Bemalung der Wände erfolgte in »besänfti-
genden Farben«, Malventon war Trumpf. Die Möbel,
die monatelang eingeräumt und sicherlich im Laufe der
Zeit mehrmals ausgewechselt wurden, sind »normal
bis luxeriös«, also sind es Kasernenschreibtische ebenso wie äußerst gemütliche Plüschsofas. Es nimmt denn
anfangs wunder, dass im Bunker ein Fensterputzer arbeitet. Klar wird, dass er gläserne Trennscheiben zwischen Büros säubert, aber auch, welch netter Einfall,
Aquarien, »weil die beruhigen«. Der Streit darum, ob
es eine Einkaufsstraße mit Läden gibt oder nichts als
einen riesigen Saal, in dem sich so etwas abspielt, hält
an. In den Kneipen an der Ahr ist man sich nicht sicher.
Klar ist, dass zur sportlichen Ertüchtigung der Bun-
kerhocker sehr viel getan wurde. Es gibt jede Menge
Trimminggeräte allererster Qualität, dazu die passen-
den Räume mit der Möglichkeit zu joggen. Liegewiesen
soll es geben, aber die Partei derer, die da sagt, es gebe
keine, ist auch nicht von schlechten Eltern. Treffen wir
uns also in der Mitte: Man kann in künstlicher Sonne
baden, rudelweise und bei netter Plauderei. Zum Mit-
tagessen geht man in die Gemeinschaftsräume, die von
drei Großküchen bedient werden. Es gibt Leute, die behaupten steif und fest, da gebe es auch Restaurants und
ein Café. Sagt die Gegenpartei: »Gibt es nicht, ich habe schließlich das Ding da unten gebaut.« Sagt die Ca-
fé-Partei: »Gibt es doch, denn du warst seit dem Rohbau nicht mehr drin. Seitdem hat sich viel getan.« Wohl

wahr. Egal: Im Straßenverkehr gilt rechts vor links, gefahren wird das meiste mit Fahrrädern, gelegentlich
auch mit Elektrokarren. Da die Angelegenheit sport-
lich ist, werden zu Beginn der Krise angeblich Joggin-
ganzüge verteilt. Das ist auch nötig, denn bekanntlich
soll es warm sein im Bunker. Im Todesfall tritt Säure in
Kraft, wenngleich man angeblich auch etliche tausend
Leichensäcke dort abgelegt findet. Der Bunker hat, wie
erwähnt, alles doppelt. Jede Nähnadel muss im Magazin sein. Der Behauptung, dass fast zwei Drittel der
Grundfläche des Bunkers als Lagerraum notwendig ist,
kann geglaubt werden, denn allein die Lagerung vieler
tausend Tonnen Heizöl und Dieselkraftstoff erfordert
einen Riesenbunker. Angeblich gibt es auch Bunker-
geld, vielleicht ist das ein Ableger der Deutschen Mark.
Natürlich gibt es Seelsorger mit eigenen Beträumen,
natürlich jede Menge Psychiater und Psychologen mit
eigenen Praxisräumen. Ja, Friseure gibt es auch. Waffen gibt es auch, aber die sind erst erreichbar, wenn
jemand sechs bis acht Schlüssel zusammenholt. Dort
unten dürfen Offiziere der Bundeswehr nicht einmal
ihre eigene, private Waffe tragen. Es gab üble Erfah-
rungen, als die Krise geübt wurde. Die bunkereigene
Klinik gibt es bis zur letzten Arterienklammer doppelt.
Jeden Computer gibt es ebenfalls einmal im Einsatz
und einmal im Magazin. Eines habe ich nicht in Erfahrung bringen können: Wo liegt das private Klo für den
Bundeskanzler?

Am Mittwoch, 24.2.1984, schicke ich folgendes Telegramm an das Bundeskanzleramt, das Bundesinnenministerium, das Landratsamt des Landkreises Ahr-

weiler und an die Außenstelle für Zivilschutz in Marienthal: »ICH RECHERCHIERE DIE GESCHICHTE DES SOGENANNTEN REGIERUNGSBUNKERS AN DER AHR. 1961 WURDE IN MARIENTHAL MIT DEM BAU DIESES BUNKERS BEGONNEN. WAR UND IST BEKANNT, DASS AUF DEM FRAGLICHEN GELÄNDE 1944 EIN KZ EXISTIERTE? ERBITTE DRINGEND ANTWORT UND TERMIN FÜR EIN GESPRÄCH.«

Am Morgen des 25.2.1984 reagierte zunächst das Bundesverteidigungsministerium. Ein Herr Helbig erklärte: »Sie sind mit Ihrem Telegramm an die falsche Adresse gegangen. Die Bundeswehr hat kein Archiv der KZs. Wenden Sie sich bitte an das Militärarchiv in Freiburg im Breisgau.« Herr Helbig war sehr freundlich.

Das Bundeskanzleramt meldete sich am 29.2.1984. Eine Frau Langen erklärte:

»Wir sind hier im Bundeskanzleramt nicht zuständig für den Bunker an der Ahr. Da müssen Sie sich schon an das Innenministerium wenden.«

Das hatte jedoch schon zwei Stunden nach dem Bundesverteidigungsministerium angerufen. Ein Herr Kowalski sagte dürr: »Uns ist von einem KZ absolut nichts bekannt. Auch mit der Zivilschutzstelle in Marienthal habe ich mich in Verbindung gesetzt. Auch da weiß man nichts von einem KZ. Ist damit wirklich unser Dernau gemeint?«

Ich antworte: »Zweifelsfrei. In Dachau hängt eine Tafel. Darauf steht ›KZ Dernau (BU)‹. Und außerdem steht Ihr Dernau auch in einer Landkarte, die vergessene KZs zeigt.«

»Ja, dann würde ich in Dachau mal nachforschen, wie die zu dieser Widmung kommen.«

Als ich erneut wiederholte, dass es in Dernau tatsächlich ein KZ gegeben habe, sagte der Herr Kowalski: »Wenn Sie es besser wissen, kann ich Sie nicht daran hindern.«

Gudruns Kind wurde am 2. Februar 1984 geboren. Ein Junge. Er heißt Florian.

Fritz-Peter Linden

JACQUES BERNDORF
von der Eifel aus betrachtet

gebunden, 304 Seiten
ISBN 978-3-942446-28-0
19,95 EURO

Offen, ehrlich und schonungslos gibt Jacques Berndorf, Deutschlands erfolgreichster Krimi-Autor, Auskunft – über seine aufregenden Zeiten als Reporter, über seine verlorenen Alkoholjahre und über sein neu gewonnenes Leben in der Eifel. Berndorf aus der Nähe: so spannend wie seine Romane.

Als Journalist hat Michael Preute die Krisenherde der Welt bereist, hat sich aufgerieben, verbraucht. Für spektakuläre Recherchen und atemberaubende Kriegsberichterstattungen hat er seine Gesundheit geopfert, brannte völlig aus und verfiel scheinbar unrettbar dem Alkohol.
Ein harter Bruch in seinem Leben führte ihn schließlich in die Eifel, an den westlichen Rand der Republik, ließ ihn aus dem hektischen Dasein des Topjournalisten hineinfallen in eine entschleunigte Provinz abseits des großen Weltgeschehens. Hier lag seine einzige Chance, zu gesunden. Er nutzte sie und wurde zu Jacques Berndorf.
Heute ist er der meistgelesene deutschsprachige Krimiautor mit einer Gesamtauflage von vier Millionen verkauften Eifelkrimis. Jetzt wird Jacques Berndorf 75 Jahre alt. Ein passender Anlass, um im Gespräch mit Fritz-Peter Linden auf sein bewegtes Leben zurückzublicken. Und dabei kommt einiges ans Licht.

»Pflichtlektüre für alle Krimi-Fans. Lindens Berndorf-Story liest sich so spannend wie die Romane des Krimi-Gurus selbst.
(Norderneyer Badezeitung)

Jacques Berndorf

**DER MONAT
VOR DEM MORD**

Taschenbuch, 208 Seiten
ISBN 978-3-940077-52-3
10,00 EURO

Nicht immer steht die Tat am Anfang
Neuauflage: Ein frühes Meisterwerk des Eifelkrimi-Königs

Niemand ahnt etwas von Horstmanns Träumen. Für seinen Chef
ist er der hochqualifizierte Chemiker, der nur in Formeln denken
kann. Für seine Kollegen, besonders für Ocker, ist er der nette,
immer ein wenig zerstreute Weltfremde.

Seine Träume? Er braucht Geld, um sie realisieren zu können.
Viel Geld. Ein neuer Forschungsauftrag kommt ihm daher sehr
gelegen. Der Auftrag lautet, ein Mittel gegen einen verheerenden
Kiefernschädling zu entwickeln. Horstmann will dieses Mittel
schneller finden als die Kollegen, schneller als die Konkurrenz.

Umsichtig und raffiniert macht er sich an die Arbeit, die ihn seinem Ziel einen Schritt näherbringen soll. Einem Ziel, das er ohne
Gewalt nicht erreichen kann. Einem Ziel, das einen Monat entfernt vor ihm liegt.

Deutschlands meistgelesener Krimiautor hat in seinem Fortset-
zungsroman im „stern" den Zeitgeist der Siebziger Jahre einge-
fangen uns seziert mit dem aufmerksamen Blick des Journalisten
und dem großen Talent eines versierten Erzählers das Kleinbür-
gertum in einer wilden Zeit des Aufbruchs.

*»... schon damals – lange vor den Eifel-Krimis – erwies er sich als über-
zeugender Baumeister spannender Handlungsbögen. Ein ungeschön-
tes, unerbittliches Buch.«* (Thomas Przybilka, Die Alligatorpapiere)

Jacques Berndorf

DER REPORTER

Taschenbuch, 328 Seiten
ISBN 978-3-95441-536-6
13,00 EURO

Ein brutales Frühwerk

»Es ist ein Beruf wie jeder andere auch. Die meisten Leute glauben, er ist sehr abenteuerlich, aber meistens ist er nur ein bisschen widerwärtig, und Sternstunden sind selten.«

Es hätte nicht viel gefehlt, und Paul Poggemann wäre endgültig unter die Räder gekommen. Er hat alles verloren. Seine Frau, seinen Beruf, den Glauben an sein Talent. Im Keller eines Mietshauses verkriecht er sich und zieht Resümee. Er weiß, dass er nur weiterleben kann, wenn es ihm gelingt, seine schrecklichen Erinnerungen zu verarbeiten. Und so macht er das, was er kann: Er haut die Gedanken an die irrsinnigen Tage seiner Reporter-Tätigkeit in die Schreibmaschine.

Erinnerungen an ein Leben voller Hetze, voller Brutalität und voller Alkohol. Ein Leben, in denen er über Flugzeugabstürze, bestochene Regierungsräte und besudelte Kinderleichen berichtete, bei dem kein Weg zu weit und kein Spiel zu schmutzig war, um an Informationen zu kommen.

Ein Leben auf Abruf, ohne Ruhepause, eins, das man nur im Suff halbwegs ertragen kann. Doch Poggemann hat noch eine kleine Tochter. Und diese Tatsache ist der letzte Rest an Hoffnung auf eine Art Zukunft, der ihm überhaupt noch geblieben ist.

Jacques Berndorf schrieb diesen Roman 1971 unter seinem wirklichen Namen Michael Preute, mit dem er damals selbst große Karriere als Illustrierten-Reporter machte. Mit nur 35 Jahren weiß er schon ganz genau, worüber er schreibt. Kein Abgrund dieses Berufs ist ihm fremd.

KBV KRIMINALROMAN

Martina Kempff

**MESSER, GABEL,
KEHR UND MORD**

Taschenbuch, 256 Seiten
ISBN 978-3-95441-477-2
12,00 EURO

Mörderischer Grenzverkehr

Katja Klein feiert im Grenzörtchen Kehr zehnjähriges Eifel-Ju-
biläum. Ihre Freunde schenken ihr einen liebevoll selbst-ge-
zimmerten Blitzerkasten. Der soll die Raser zum Langsam-
fahren zwingen und zur Einkehr in Katjas gleichnamiges
Restaurant verleiten.

Tatsächlich geht an diesem heißen Sommerabend auch gleich
ein heranbrausender Wagen in die Eisen. Doch anstatt einzu-
kehren, entsorgt der Fahrer einen in eine Decke gewickelten
weiblichen Körper am Straßenrand. Lebt die Frau noch, oder
ist es etwa eine Leiche? Bevor diese Frage beantwortet werden
kann, wird das Corpus Delicti vor Katjas Augen auch schon
mit einem anderen Auto abtransportiert.

Auf eigene Faust verfolgt die neugierige Gastwirtin eine Spur,
die ins belgische Ouren am Dreiländereck führt und sie selbst
in höchste Lebensgefahr bringt. Ihr bleibt nur noch eine Hoffnung: Wird ihr Freund, der belgische Polizeiinspektor Marcel
Langer, sie rechtzeitig finden?

KBV KRIMINALROMAN

Carola Clasen

LEICHENSTILLE

Taschenbuch, 256 Seiten
ISBN 978-3-95441-520-5
12,00 EURO

Die Exkommissarin und der Enkeltrick
Sonja Sengers zwölfter Fall

Sonja Senger erhält einen ungewöhnlichen Telefonanruf: ein
Junge, der sich als ihr Enkel ausgibt, braucht dringend Geld.
Die pensionierte Kommissarin, ein Leben lang ledig und kinder-
los, lässt sich auf das Spiel ein. Sie bestellt ihn in ihr Forsthaus
am Ende der Stromleitung in Wolfgarten und baut behutsam
Vertrauen zu ihm auf. Wie nicht anders zu erwarten, agiert der
Junge nicht allein, sondern ist Mitglied einer Gang.

Unterdessen wird Sonjas Nachfolgerin Frieda Stein von der
Kripo Euskirchen mit dem Mord an einer Frau konfrontiert,
die an einem Malkurs in Blankenheim teilgenommen hat. Noch
während Frieda und ihre Kollegen die Hintergründe der Tat
rekonstruieren, geschieht ein weiterer Mord: Eine Frau, die ein
Heilfasten-Seminar in Heimbach besuchte. Und bei diesen beiden Toten wird es nicht bleiben.

»Die Crime-Lady unter den Eifelkrimiautoren«
(Trierischer Volksfreund)

KRIMINALROMAN

KBV

Stefan Barz

SPIEL DES BÖSEN

Taschenbuch, 232 Seiten
ISBN 978-3-95441-461-1
12,00 EURO

Wie weit wirst du gehen?
Ein tiefer Blick in Eifeler Abgründe

An der Kakushöhle bei Mechernich ereignet sich ein myste-
riöser Todesfall: Eine Frau stürzt während einer Wanderung
vom hohen Kartsteinfelsen. Kommissar Jan Grimberg und sein
Kollege Jürgen Wagner rätseln über die Hintergründe. War es
Selbstmord? Oder wurde sie hinuntergestoßen?

Kurz darauf wird eine weitere weibliche Leiche am Zülpicher
See gefunden. Hängen die beiden Fälle womöglich zusammen? Treibt ein Frauenmörder sein Unwesen in der Eifel? Das
ungleiche Ermittler-Duo stößt bei seinen Nachforschungen auf
ein makabres Spiel …

Der neue Roman des Jacques-Berndorf-Preisträgers

*»Überraschende Wendungen und unerwartete Entdeckungen halten
die Spannung durchweg hoch. Eine interessante Vielschichtigkeit, die
sich mit grundsätzlichen Themen der Menschheit auseinandersetzt.«*

(Kölnische Rundschau zu »Nimmerwiedersehen«)

KBV KRIMINALROMAN

Ralf Kramp

EIN GRAB FÜR ZWEI

Taschenbuch, 344 Seiten
ISBN 978-3-95441-524-3
13,00 EURO

In der Eifel muss man nur tief genug graben …

Eine uralte Tankstelle an einer Straße, die ins Nichts führt, mit verbeulten Zapfsäulen, einer kaputten Waschanlage, mit abgelaufenen Schokoriegeln und vergilbten Zeitungen. Rost-Horst, der Tankstellenpächter, liegt im Krankenhaus, und ausgerechnet Herbie Feldmann soll für ein paar Tage den Laden schmeißen. Er und sein allgegenwärtiger Begleiter Julius fragen sich, wie Horst sich all die Jahre über Wasser halten konnte. Mit dem Verkauf von Sprit jedenfalls nicht, das steht außer Frage.

Als auf dem Brachland nebenan ein menschliches Skelett ausgegraben wird, kommt plötzlich Leben in die Einöde. Der Bauer Hepp Kaltwasser ist stolz, weil er seine langgehegten Vermutungen endlich bestätigt sieht: Hier schlummert eine Römervilla in der Eifelerde! Und auch Herbie macht einen haarsträubenden Fund, aber den muss er unbedingt vor den Leuten verbergen, die mit einem Mal tagein, tagaus seine Tanke belagern …

KRIMINALROMAN

Ralf Kramp (Hg.)

TATORT EIFEL 7

Taschenbuch, 240 Seiten
ISBN 978-3-95441-478-9
12,00 EURO

Gänsehautentzündung garantiert!

Wer die Eifel besucht, ahnt ja nicht, dass überall hinter der traumhaften Kulisse dieser landschaftlichen Schönheit das Verbrechen brodelt. Die Maare sind schrecklich tief, die Wälder gnadenlos verschwiegen, und hinterm putzigen Fachwerk lauern Mord und Totschlag.

Die Eifel ist schon seit mehreren Jahrzehnten Deutschlands berühmteste Krimilandschaft und inspiriert zahlreiche Autorinnen und Autoren zu ihren mörderischen Geschichten. Alle zwei Jahre findet hier auch das Festival Tatort Eifel statt, in dessen Rahmen unter anderem der Deutsche Kurzkrimipreis verliehen wird. Die sechs Finalisten des Wettbewerbs sind ebenso in diesem Buch vertreten wie die Crème de la Eifel-Crime mit ihren brandneuen Geschichten: Carola Clasen, Carsten Sebastian Henn, Martina Kempff, Stefan Barz, Elke Pistor und viele mehr.

KRIMINALROMAN

KBV